刘心武说红楼

桂子月中落　天香云外飘
——秦可卿的身世

刘心武　著

山东画报出版社
济南

图书在版编目（CIP）数据

桂子月中落 天香云外飘: 秦可卿的身世/刘心武著.--济南: 山东画报出版社, 2022.9
（刘心武说红楼）
ISBN 978-7-5474-4233-3

Ⅰ.①桂… Ⅱ.①刘… Ⅲ.①《红楼梦》研究-人物研究 Ⅳ.①I207.411

中国版本图书馆CIP数据核字(2022)第135464号

GUIZI YUEZHONG LUO　TIANXIANG YUNWAI PIAO
——QINKEQING DE SHENSHI

桂子月中落　天香云外飘
——秦可卿的身世
刘心武　著

特约策划	焦金木
责任编辑	怀志霄
装帧设计	王　芳
出 版 人	李文波
主管单位	山东出版传媒股份有限公司
出版发行	山东画报出版社
社　　址	济南市市中区舜耕路517号　邮编 250003
电　　话	总编室（0531）82098472
	市场部（0531）82098479　82098476（传真）
网　　址	http://www.hbcbs.com.cn
电子信箱	hbcb@sdpress.com.cn
印　　刷	山东临沂新华印刷物流集团有限责任公司
规　　格	787毫米×1092毫米　1/32
	8.25印张　14幅图　116千字
版　　次	2022年9月第1版
印　　次	2022年9月第1次印刷
书　　号	ISBN 978-7-5474-4233-3
定　　价	52.00元

如有印装质量问题，请与出版社总编室联系更换。

大观园全景图

青埂峰僧道谈顽石,空空道人说石头起源

士隐抱孩路遇僧道，葫芦庙贾雨村出世

贾雨村旁路遇智通寺,冷子兴演说荣国府

贾雨村荣任应天府,门子私室禀权势,葫芦僧判断葫芦案

贾宝玉神游太虚境

周瑞家的送各姐妹宫花

宴宁府宝玉会秦钟

凤姐坐车闻焦大骂

金寡妇贪利权受辱,张太医论病细穷源

王熙凤问病秦可卿，见熙凤贾瑞起淫心

王熙凤梦会秦可卿，贾宝玉痛哭得灵堂

秦可卿死封龙禁尉

宁国府秦可卿开丧，贾宝玉路谒北静王

编选者言

刘心武是影响极大的红学研究者。他对《红楼梦》的研究，从秦可卿这个角色入手，因此被认为是开辟了红学研究的新领域，形成了独特的分支——秦学。

刘心武的红学研究，当然仅是他的一家之言。他自己多次告知大家，他只是一个普通的《红楼梦》爱好者，只不过是"苔花如米小，也学牡丹开"。而且，他笃信先贤蔡元培先生"多岐为贵，不取苟同"的主张，从来不认为只有自己对《红楼梦》的认知才是正确的，在持续多年的研究中，也不断修正自己的论述。

刘心武的红学研究,另辟蹊径,自成逻辑,自圆其说,自成体系。他并不希望人们都来认同、肯定他的研究,他欢迎批评指正,愿意参与百家争鸣。他只希望,他的研究能够引发人们对《红楼梦》的阅读、研究、体味兴趣。

刘心武的红学研究有一个最大的亮点,就是引人入胜。他的相关讲座与书籍既有知识性,更富趣味性。这套"刘心武说红楼"系列,可作为进入《红楼梦》世界的入门书,也可作为人们业余消遣、消闲的读物。

这一册《桂子月中落　天香云外飘》,通过文本细读,集中探究了《红楼梦》中秦可卿这个角色的原型。书中秦可卿在宁国府天香楼"画梁春尽落香尘"。天香,指的是月宫里桂花的香气,唐朝宋之问有首《灵隐寺》诗,里面两句是:桂子月中落,天香云外飘。用这两句作为本册的书名,透露了秦可卿的真实出身。

目 录

贾府的婚配——开启原型研究之旅 / 001

秦可卿的抱养——开启文本细读之旅 / 022

秦可卿的生存 / 045

秦可卿的出身 / 069

帐殿夜警 / 092

曹家浮沉 / 112

日月双悬 / 132

蒋玉菡 / 155

北静王 / 173

秦可卿原型（上）/ 191

秦可卿原型（下）/ 219

贾府的婚配——开启原型研究之旅

《红楼梦》被称为神秘的作品,它的神秘性,体现于书中暗示了康、雍、乾三朝的政治时局,而作者曹雪芹家族的兴衰荣辱又与其紧密相连,他把自己家族经历的事件和他脑海中的人物一一展现在《红楼梦》里,似若有所指,又不敢造次,《红楼梦》里主要的人物和事件,都能在康、雍、乾三朝找到影子。在这些错综复杂的人物和事件中,有一位人物是联系它们的关键,那就是贾蓉的媳妇秦可卿。这位神秘人物是破解《红楼梦》秘密的总钥匙,在她身上,隐藏着《红楼梦》的巨大秘密。我对《红楼梦》的揭秘，就从探究秦可卿这个人物开始。

关于秦可卿，我们首先要搞清楚的是：她在贾氏宗族当中处于什么位置。

在《红楼梦》里，曹雪芹描绘了一个贵为国公的大家族贾府。书中交代，他们是一母同胞的两兄弟，都为当朝的皇帝所宠，封官加爵，地位显赫，称为国公，老大宁国公，老二荣国公。两兄弟分别娶妻生子，延续血脉。虽然故事开始时两兄弟都已去世，但其爵位由儿孙继承，贾氏家族依然一副贵族气派。但就在这个家族显赫声名的背后，也潜伏着危机。这个危机究竟是什么呢？为什么要从这个危机入手来研究秦可卿呢？

《红楼梦》主要写的是荣国府的故事，所以我们先来梳理荣国府的宗族情况。荣国公生了几个儿子，书里没有交代，但是我们知道他的长子叫贾代善。大家知道《红楼梦》一种固有的艺术手法就是谐音，开篇第一回的甄士隐、贾雨村就是"真事隐，假语存"的谐音，就是把真事隐去了，用艺术虚构的文本来表达这个真实的存在，但是又做了很多掩饰。"贾氏"就是假设有这么一个家族。这个家族的荣国公一支，长子就是贾代善，贾代善有两个儿子，长子叫贾赦，次子叫贾政。贾赦有两个儿子，长子叫贾琏（liǎn）。不是贾琏（lián）吗？你把他叫作贾琏（lián）我也不反对，但是如果你查字典的话就会发现，一个"玉"字边一个"连"，这个字只有一个读音liǎn，是古代的一种祭器，主要是在祭祀的时候装黏米和小米的。书里交代，贾琏是老大，是长子，可是所有人都叫他琏二爷。贾赦的长子怎么会叫二爷呢？这个问题放在后面破解。贾赦还有一个儿子，叫贾琮。书里面贾琮是有出场的。有一次贾宝玉奉贾母之命，到贾赦和邢夫人住的宅院探视贾赦，探视完以后邢夫人就把他留了下来，然后贾琮就出场了。他出场以后是怎么个情况呢？邢夫人很不喜欢他，一看到他就说，哪跑出个活猴来了，你奶妈都死绝了，把你弄得黑眉乌嘴的，奶妈也不好好收拾收拾你，哪像一个大家子念书的孩子。可见贾琮年龄还小，长得不怎么样，也不爱卫生，是一个很猥琐的形象。他应该和书里面写到的贾环、贾兰年龄差不多，所以他不可能是贾琏的哥哥，只能是贾琏的弟弟。

贾政对荣国公这一支血脉的延续贡献比较大。他首先生了一个大儿子叫贾珠。贾珠虽然在《红楼梦》故事开始的时候已经死掉了，在《红楼梦》里看不到他的故事了，但他不是夭折的，他长大成人，娶了媳妇，还给贾政生了一个孙子贾兰，然后才死的。当然大家印象最深刻的是贾政的另外一个儿子贾宝玉，这是《红楼梦》的主角。贾宝玉还有一个弟弟贾环，是贾政的小老婆赵姨娘生的。所以，荣国府的男丁状况比较乐观。

现在我们再来说宁国府。我再提醒大家，宁国府是高于荣国府的，是长房。宁国公死后，他的爵位传给了他的儿子贾代化。宁国公这一支到了贾代化以下，情况就不太妙了。贾代化倒是生了两个儿子，但是书里面写得很清楚，第一个儿子贾敷没长大成人，八九岁就死掉了。他跟贾珠的情况不一样，在家族血脉的延续上没起任何作用，所以这个人物就可以忽略不计了。另一个儿子就是贾敬。这个贾敬又很古怪，后来不愿意住在宁国府里面，也不愿意回原籍，而是跑到道观里和道士胡羼，在那儿炼丹。贾敬倒也还生了一个儿子，就是贾珍。贾珍也生了一个儿子，就是贾蓉。所以宁国府就形成了三世单传的局面。这在宗族的血脉延续上是一个非常危险的信号。三代都只有一个男丁，万一最后这个男丁没有生育能力，或者在他媳妇给他生下一个孩子来之前就死掉了，这就叫作绝户，这一支的血脉就终结了。在封建社会，不但贵族家庭很重视血脉的延续，就是一般的人家也很重视自己宗族血脉的延续。宁国公和荣国公都要把他们的血脉延续下去，这在封建社会是一件天大的事，特别是他们封了国公，更要重视血脉的延续。他们和一般的家庭还不一样，他们是有爵位的，延续的不光是血统，还有社会地位和财富。

在那么重视血脉延续的封建大家庭里，三世单传的宁国府，唯一的男丁贾蓉娶媳妇，能够随随便便吗？有人说那怎么不可能呢？人家那是小说，人家曹雪芹就乐意这么写，就写这个贾氏宗族不重视娶媳妇，什么血统都不论，不但穷人的女儿可以娶，不知道父母是谁的弃婴也可以娶。但如果曹雪芹真是要这么写的话，就不应该只体现在一个媳妇上，所以下面我们就来看一看书里面写到的贾氏宗族娶媳妇的情况。

在《红楼梦》里，曹雪芹虽然故意说，自己所写的不知是哪朝哪代的事，但根据他写的内容，经不少前辈红学家推断，《红楼梦》所反映的是清朝康、雍、乾三朝的故事。在清朝，皇帝对有功的大臣要颁赐爵位，分为两种情况，第一种封爵，功臣被封后，他的子孙可以世代袭爵，爵位不变；第二种封爵，他的子孙虽然也可以世代袭爵，但是其爵位却会递降。《红楼梦》里的宁、荣两府都属于第二种情况，子孙的爵位会递降。即便如此，贾府当时的社会地位也非同小可。这么一个开国功臣的大家族，能在娶媳妇的问题上马虎吗？他们所娶的媳妇都是什么样的身份和地位？这与秦可卿这个人物又有什么联系呢？

宁国公和荣国公娶的什么媳妇，书里面没有交代，但是对贾代化和贾代善娶媳妇的情况有所交代。贾代善娶的是金陵世勋史家的小姐。在第四回我们就看到了这样的情节：贾雨村补了应天府，审一个人命案的时候，旁边一个门子递眼色，他觉得很奇怪，就停止审判，把门子叫到密室里面去询问。这个门子就说，你要想把官做得牢靠的话，得有护官符。贾雨村恍然大悟。护官符怎么写的？后来书上透露了护官符上的头四个家族，就是金陵地区的四大家族。居首位的就是贾氏，"贾不贾，白玉为堂金做马"，豪富不豪富？这样一个家族给自己的公子娶媳妇，毫不含糊，得找门当户对的，找的史家的小姐。史家就是四大家族的第二个，"阿房宫，三百里，住不下金陵一个史"，多大的气派。贾代善娶的这位史家小姐，就是书里面的贾母。她做小姐的时代，书里面没有写，故事开始的时候，她已经是一个老太太了，她的同辈人基本都死光了，宁、荣两府老辈的只剩下她一个了。因为她姓史，所以有时候书里面叫她史太君。史家的小姐嫁给贾家为妻，可见两家非常重视血统。这个门子还告诉贾雨村，四大家族皆联络有亲，他们在政治上、经济上结成联盟，是一损皆损、一荣俱荣的关系，互相扶持遮饰，俱有照应。那么他们在婚配上也必然互为首选。

再看贾政，娶的是一个什么样的媳妇呢？是王夫人，王家的女儿。四大家族里面的王家非同小可，"东海缺少白玉床，龙王请来金陵王"，龙王爷有事都得求他们家，这个王家不得了。王夫人是王家小姐，嫁给了贾政，她的妹妹嫁给了谁呢？嫁给了薛家。薛家也是四大家族之一，"丰年好大雪，珍珠如土金如铁"——富有到没道理的地步。王家还有一个人也嫁到贾家了，就是王熙凤，她是王夫人和薛姨妈的内侄女。四大家族是互相婚配的，婚嫁的时候要首先考虑四大家族里面有没有合适的对象。当然也可能凑巧四大家族一时都没有合适的，那么就再考虑别的人家，所以我们就在贾府里面发现了一个不属于四大家族的媳妇，就是贾珠的媳妇李纨。李纨的出身也非同小可，书里面交代得非常清楚,她的父亲叫李守中,曾经当过国子监祭酒。所以你看荣国府娶的媳妇,都是所谓根基家业经得起推敲的。

荣国府里唯一一个弱一点的媳妇可能是邢夫人。书里没有具体介绍邢夫人的家庭背景,而且我们从书里面的描写模模糊糊感觉到,邢夫人有点病态人格。这个人心眼褊狭,而且特别吝啬,只知道敛财。不过,邢夫人很显然也出自一个知根知底的富贵人家,只是跟刚才说的那些媳妇比起来,根基家业稍微差一些,这可能跟她是填房有关系。邢夫人不是贾赦的原配,贾琏、贾琮,包括迎春都不是她生的,书里面后来是有透露的。有一次贾母发狠心查赌,查出在大观园里聚赌的头子,有一个是迎春的奶妈。这当然令迎春很没脸面。迎春本来并不是荣国府里的,是因为贾母喜欢女孩子,才跟惜春一样,从荣国府外面接进来养在一起的。惜春是贾珍的妹妹,来自宁国府;迎春呢,是贾赦的女儿。书里写得很清楚,贾赦和邢夫人住在跟荣国府隔着一个黑油大门的院落里,迎春就来自那个院落,大观园盖好以后，她也住了进去。她的奶妈出事以后，邢夫人去数落她，明确说："况且你又不是我养的。"还说："倒是我一生无儿无女的，一生干净，也不能惹人笑话议论为高。"可见她是贾赦的填房。贾府的爷们续弦的时候，自然就不能再找那么有权有势的人家的小姐了。所以邢夫人的家庭背景、经济状况稍微差了一点，但也只是差了一点。

这是荣国府娶媳妇的情况。

再看看长房宁国府。宁国公娶的谁不清楚，没交代。贾代化娶的谁呢？模模糊糊知道，好像也是史家的一位小姐。到了贾敬又不知道娶的是谁了。贾珍的媳妇是尤氏。这是一个很重要的角色。看得出来，她是一个懂得大家规范的富家女。当然尤氏的娘家，从小说后面的描写看，好像不太好了。尤氏的父亲续弦时不知怎么就娶了一个寡妇；寡妇还带了两个女儿，在过去的社会叫"拖油瓶"。小说后面叫尤氏的继母尤老娘。小说写到那儿的时候，她的年龄已经大了，她带来的两个女儿都长大了，一个是尤二姐，一个就是尤三姐。尤二姐、尤三姐和尤氏既不同父也不同母,她们只是名分上的妹妹罢了。不过这也不妨碍我们去估计,尤氏是一个很不错的家庭的小姐,嫁到了贾家来。她比王熙凤这些人家业根基差一点,也因为她是填房,情况跟邢夫人类似。她不是有贾蓉吗,贾蓉不是她儿子吗?她是贾蓉的继母,不是生母。何以见得呢?"酸凤姐大闹宁国府"这一节,因为贾琏偷娶了尤二姐,王熙凤就杀到宁国府,撒泼,大哭大闹,先跟尤氏闹,然后又跟贾蓉闹,骂贾蓉,她在骂贾蓉的话里面有一句,就是"你死了的娘阴灵也不容你"。可见贾蓉的娘已经死掉了,贾蓉不是尤氏生的,而是贾珍的前妻生的,所以尤氏是填房。

由此,我们可以得出这样一个结论——贾氏宗族在为贾蓉选择媳妇的时候不可能不重视。即便在四大家族里面找不到合适的,类似李纨这样的家庭背景的能不能找一个?如果这样也找不到的话,起码可以参照贾赦的填房和贾蓉的继母,找一个家境过得去,身份也还可以的女子吧。但是我们却发现,最后对秦可卿出身的交代,满不是这么回事,竟把秦可卿设计成一个从养生堂抱来的弃婴。说到这儿，又有红迷朋友要跟我讨论了。说哎呀，你啰嗦了这么半天干吗呀？人家是小说，是不是啊，小说可以想象，可以虚构，他就愣这么写，是不是？你干吗这么寻根究底，没完没了啊？

我自己也写小说，也读小说。小说有不同的类别，其中有一种带有自叙性、自传性，就是小说的人物是有生活原型的；当然要虚构，当然要想象，但是都是从已经存在的活泼泼的生命基础之上去发展，去想象，去架构人物关系，去铺展情节。

秦可卿的寒微出身，显然与贾府这个百年大族的地位极不匹配，她成了贾府众多媳妇中的一个例外。曹雪芹为什么要这么写？鲁迅、胡适等前辈大师，都肯定《红楼梦》是一部带有自叙性和自传性的作品，我是信服这个判断的。越细读，就越相信书中的主要人物都能找到生活原型，曹雪芹就是把这些原型塑造成了他小说中的人物。当然这里面加入了想象和虚构，或者人物与事件有所合并，有所拆分，有所挪移，有所变形，但总的来说，《红楼梦》里的许多人物，和曹雪芹自己家族的某些人物惊人的相似。这难道不值得我们格外注意吗？我可以拿出很多证据证明，《红楼梦》是一个写实的作品，是带有自叙色彩的作品，是一个写人物从原型出发的作品。

我们一步步来讨论。首先我们看曹雪芹自己怎么说的。你看第一回，我只举几个短短的句子，比如他说"忽念及当日所有之女子"，又说"一一细考较去"，他是从他的生命体验中，选取他接触过的、相处过的女子来写的。又说，"我半世亲睹亲闻的这几个女子"；宣称，"至若离合悲欢，兴衰际遇，则又追踪蹑迹，不敢稍加穿凿"。也许你还是要跟我讨论，作者故意要这么说，明明是完全虚构的，完全没有生活依据的，他偏要这么说——那倒也可能。那我们就再进一步讨论，他的合作者脂砚斋，为什么在批语里面一再告诉读者，实有其人，实有其事，重要人物都有原型。简单来说贾宝玉的原型应该就是曹雪芹自己，但是因为我们以后还会涉及这个话题，还会展开来分析，所以就先不展开分析贾宝玉的原型,而是先分析贾母的原型。

贾母是有原型的,何以见得呢?大家知道,曹雪芹的祖父是曹寅,曹寅的妻子是李氏,是李煦的妹妹。李煦是谁呢?曹寅当江宁织造的时候,李煦是苏州织造,两人是金陵地区的两大织造。康熙很宠爱他们,还经常让他们主管当地的盐政,有时候一块儿管,有时候分开管,轮流管;康熙还让他们两个当特务,除本职工作外,还要他们密报很多当地的情况,特别是明代的遗民有什么动向,民间对朝廷有什么议论,等等。他们关系很密切。在小说里面,贾母这个角色,作者把她的真实姓氏李氏化为史氏了。为什么说贾母的原型是李氏?例子很多,我只举几个。

贾母这个人是一个享乐主义者,她不但很会吃,很会穿,也很会看戏,很会欣赏文艺。荣国府过春节、闹元宵的时候,请了说书人来说书,她说你们都不行,然后就破除陈腐旧套,给他们讲书应该怎么说,又给众人讲起当年她家里怎么演戏。她说当时我们家里唱戏有弹琴的场面,不来虚的。因为中国戏曲是大写意,虚拟的,弹琴比画几下就行了。她说我们不是,我们家演戏是真琴上台,真的琴师上台。她就举例子,有时候凑起来演几个折子戏,都跟弹琴有关。她说了一个《西厢记》的《听琴》,这是大家很熟悉的剧本,《西厢记》是元代王实甫的作品,在明清非常流行,不稀奇。她又说了一个《玉簪记》的《琴挑》,《琴挑》是明朝高濂的一个剧作,当时也很流行,到处演,也不稀奇。她又举了一个例子,还有一个戏叫《续琵琶》,是写蔡文姬的故事,里面要一面操琴,一面唱《胡笳十八拍》。她说像这些戏,我们都是请会弹琴的演员在台上真的弹琴,那多好看啊。那么《续琵琶》是谁写的呢?这是一个很不流行的剧本,是一个几乎没有公开演出过的剧本,直到近年才有昆剧团排演出来。这个剧本是曹寅写的。而且查资料可以知道,这个戏只在曹寅家和李煦家演过。这个例子就证明,贾母的原型就是李煦的妹妹,否则曹雪芹写这一笔的时候,不可能写到这样一出很偏的曹寅写的戏,而且是只在曹家和李家演过的戏。

另外，书里面交代史湘云是贾母娘家的人，并透露她有两个叔叔，都是封侯的，一个是保龄侯史鼐，一个是忠靖侯史鼎，而且书里面也说得很清楚，史鼐是哥哥，史鼎是弟弟。也就是说，贾母有两个侄子，一个叫史鼐，一个叫史鼎。如果去查李煦家的家谱就会发现，李煦的两个儿子老大就叫李鼐，老二就叫李鼎。可见贾母的原型就是曹寅的妻子李氏。

贾政有没有原型呢？更有原型，说起来更有意思。有一件事情很古怪，就是贾赦是贾母的大儿子，而且还袭了爵，是一等将军，根据封建社会的伦理秩序，他应该侍奉贾母，应该和贾母住在一起；荣国府中轴线上的建筑，就是后来林黛玉看到的挂着皇帝御笔的那个庭院，应该是他来住。为什么住的却是贾政呢？

书里交代得很清楚，贾政没有袭爵，因为他不是长子。书里面还写了，贾代善死后，皇帝立即就让贾赦袭了爵，又问贾府还有没有儿子啊？说还有，皇帝很高兴。皇帝很顾念贾家在开国时的功勋，立即召见贾政。尽管一见之下非常喜欢，也不能给他封爵了啊，就赏了一个主事的头衔，让他入部习学，后来当了一个员外郎。这官不怎么大。无论如何，书里写的贾政，他的政治地位并不怎么高，至少应该是比贾赦要低。那么，他既非长子，又没袭爵，官儿又不大，怎么会在荣国府里占据中轴线上的正厅正房呢？就说是贾母偏心，能离谱到如此地步吗？而且贾赦对此也心平气和，似乎觉得贾政和王夫人占据荣国府中轴线上的正厅正房是很正常的。这究竟是怎么回事？

而且我们越看越怪。第七十五回写中秋，又一个中秋，当时贾家已经风雨飘摇了，贾母强打精神组织团圆宴。团圆宴上的座次很奇怪。贾母的右手边坐的全是跟她直系的人物——贾政、贾宝玉、贾环、贾兰。贾赦呢？贾赦应该坐在她右手边第一个啊，他是长子啊。但是贾赦却坐在了她的左手边。这边除了贾赦，还有贾琏、贾珍、贾蓉，很显然全是旁系的人物。这是怎么回事？

其实，道理很简单，曹雪芹写成这个样子，就是因为他过分地忠于生活原型,他太写实了。这个谜,老早就被周汝昌先生经过严密考证揭示出来了。这是因为,曹寅这个历史原型在小说里面被淡化了,就是贾代善,只剩一个虚构的名字了。曹寅生了一个儿子,是曹颙。康熙非常喜欢曹家,曹寅死后,还让他的儿子接着当江宁织造。曹颙倒是很有才能,声誉也很好,但是健康状况不好,没干几年就病死了。曹寅的夫人,就是书里贾母的原型,不仅成了寡妇,而且也没有儿子了。但是康熙实在是太喜欢曹家了,也特别喜欢李煦,所以就亲自问李煦,说你看一看曹寅的侄子里面有没有好的,选一个过继给曹寅,好让他侍奉李氏,接任江宁织造。后来李煦就很认真地帮他挑选,挑选出了曹寅的侄子曹𫖯过继给曹寅,也就是过继给李氏,成为她的儿子。曹𫖯又生了一个儿子曹霑,就是曹雪芹,贾宝玉的原型。当然,曹雪芹究竟是不是曹𫖯生的,红学界有争议,也有人认为曹雪芹是曹颙的遗腹子,这里暂不讨论。所以曹雪芹是根据自己家族的情况——他的父亲是过继给他祖母的——来写书的。弄清了这一点，再回过头来看《红楼梦》，就觉得它太写实了。贾母和贾政的关系非常淡薄，但她喜欢她的孙子，因为根据封建社会的观念，虽然儿子是过继的，但孙子却是亲生的，可以把他当作自己的骨肉。所以你看，曹雪芹这么写，就是因为他有生活原型，他的父亲就是贾政的原型人物。他并不是李氏的亲儿子，是过继给李氏的，继承了曹家的家业。所以在小说中，贾政住在荣国府的正堂大院。实际上荣国府只有这么一个过继的儿子。为什么他要写贾赦呢？这就是他发挥他的艺术想象力，以及他的艺术虚构了。贾赦在小说里面是贾政的哥哥，其原型也确实是曹𫖯没有过继给李氏的哥哥。既然如此，他怎么能住在荣国府里呢？于是他只好在另外一个院落居住。

  曹雪芹之所以要写贾赦这一支，主要的动机，我觉得是他想大写王熙凤。王熙凤的原型人物令他刻骨铭心，难以忘怀，他要给这位脂粉英雄画影立传。真实生活中的这位堂嫂，本是他父亲那位并没有一起过继到他祖母这边来的他伯伯家的一个媳妇,他在小说里设定那位伯伯跟他父亲一样,都成了贾母的儿子,这样写起来比较方便,也可以生发出更多的故事,比如鸳鸯抗婚等。曹雪芹一方面使用小说的虚构技巧,一方面又非常忠实地记录了生活原生态里的许多情况。比如他写有一天平儿劝凤姐别那么为荣国府的事情操心,说出了这样的话:"依我说,纵在这屋里操上一百分心,终究咱们是那边屋里去的。"提到府里公子小姐的婚事,需要如何筹划,说"二姑娘是大老爷那边的,也不算"。根据他对小说里人物的设计,王熙凤是贾母长房长孙的媳妇,怎么会"终究"还是要回"那边"?迎春是贾母长房的长孙女,她出嫁的事怎么会与贾母乃至整个荣国府无关?怎么能说是"那边的",竟可以"不算"?现在我们知道他写小说都是有原型的,贾赦的原型是曹頫的一位并没有跟他一起过继给李氏的哥哥,那么小说里平儿跟王熙凤的对话就不难懂了,其实真实生活里人们就是那么谈论那类事情的。

所以,《红楼梦》的人物大都是有原型的,贾蓉当然也有原型,贾蓉的妻子秦可卿也应该有原型。我把这个逻辑梳理一遍,觉得起码还是自成方圆的。因此,问题就逼到这儿来了——秦可卿的原型究竟是谁呢?

秦可卿的抱养——开启文本细读之旅

关于秦可卿的出身,《红楼梦》里面是有明确交代的,就在第八回的末尾。这个交代非常古怪,和曹雪芹写别的人的家业、根基很不一样,每一句都古怪。现在我们就来一句一句分析一下。

在第八回的末尾,宝玉和秦钟要到家塾去读书,于是以这个为由头,顺便就提到了秦钟和他姐姐秦可卿的出身。说是秦业系现任工部营缮郎。营缮郎是一个很小的官,可能是管工程建设的。秦业是曹雪芹设定的秦可卿养父的名字。有一点特别值得注意,就是后来高鹗和程伟元续《红楼梦》的时候，不但在八十回以后续了四十回，前面也有所改动。例如在这一回，秦业这个名字他们就改动了。这有什么值得改的呢？秦业的名字被改成了秦邦业，可见高鹗和程伟元对这个名字是敏感的。为什么？因为在古本《红楼梦》上，脂砚斋在批语里面对秦业这个名字是有非常明确的评论的，她说"妙名，业者孽也"。以前，"业"和"孽"是相通的，比如"造业"和"造孽"、"业障"和"孽障"，是一个意思。因为曹雪芹是从江南移居北京的，所以《红楼梦》里边有很多南方口音，南方人zh、ch、sh和z、c、s，l和n，in和ing往往不分，所以"秦"谐音"情"。合起来的意思就是因为有感情而造成罪孽。这个名字是有含义的，以后我会进一步加以揭示。高鹗、程伟元可能也看出这个含义了，但他们不想因为这个书稿惹事，甚至还有更坏的想法，所以就把它改了。

根据曹雪芹的话，秦业是一个小官，"年近七十，夫人早亡"。书里面秦可卿出场的时候，大约二十岁，也就是说秦业是在五十岁左右，因为无儿无女，便从养生堂抱了她和一个男孩。这是很古怪的。

之前我们已经提到过，封建社会是非常重视血脉相传的。秦业因为夫人早亡，无儿无女，就决定到养生堂去抱孩子。虽然他只是一个小官，宦囊羞涩，但是他为什么要这样延续自己的子嗣呢？首先我们要搞清楚什么叫养生堂。我们可以看一幅著名漫画家丰子恺先生的漫画，题目叫《最后的吻》，画的是一个贫穷的妇人，抱着一个孩子，她养不了这个孩子了，于是决定把他送给养生堂，在送走之前，她给他最后一吻。画面的一角还有一只狗，那只狗却不抛弃自己的孩子，还让自己的孩子在自己的怀抱里面得到温暖。这是画世相的一幅漫画，整个情调很凄楚。养生堂接受弃婴的方式是很古怪的：养生堂的人是不见孩子的父母的，养生堂的墙上有一个大抽屉，这个抽屉可以两面拉开，也就是说站在墙外可以把抽屉拉开，墙里头也可以把这个抽屉拉开。丰子恺的漫画上，抽屉已经拉开了——告别的吻之后，就要把婴孩放到抽屉里面了。放进去后就把抽屉推上，她就可以转身走掉了。养生堂的人会随时检查抽屉，一看有孩子，就把这个孩子抱出来养大。实际上养生堂的条件很糟糕，往往养不大就死掉了；勉强养大的，也多半营养不良，或者形成残疾。养生堂的孩子可以由社会上的人抱养，小时候没人抱走，大了以后，男的就会充当苦力，女的更惨，不少被妓院领走，沦为娼妓。因此，只有最没有办法的人才会把自己的孩子送给养生堂。

曹雪芹的文字是很古怪的，他说秦业因为无儿无女，就到养生堂去抱养孩子。我们推敲一下，在秦业生活的那个社会，如果他是一个五十岁上下的男子，没有儿女的话，要解决子嗣的问题，第一招就是续弦，夫人死了就再娶一个嘛，娶的夫人还不生育的话，那就纳妾嘛。也可能有读者要跟我讨论了，说秦业可能没有生育能力了。但秦业是有生育能力的，后来他生了秦钟嘛。所以他要延续子嗣的话，没有必要到养生堂去抱养孩子。而且一般为了延续子嗣到养生堂去抱孩子的话应该抱男孩，而这个秦业一抱就抱了一对，一男一女。按说你要有能力养两个，抱两个男孩不是更好吗？他却又抱了一个女孩，看来这个女孩是非抱不可的。谁让他抱的？恐怕未必是他自愿的。但是不管怎么样，他抱了一儿一女。而且后来儿子又死了，只剩一个女儿。要延续子嗣的话，这时候不是应该再去抱一个儿子吗？养生堂的男孩很多，随便你选啊。你是一个小官，虽然跟贾府没法比，但跟一般人比的话，条件还是不错的啊。但是很奇怪，他就只养这个女儿，不再抱儿子了。

另外，在当时那个社会，如果自己实在生不出儿子，还可以从兄弟或堂兄弟那里过继一个儿子。曹寅死了，没多久他的儿子曹颙又死了，再没有别的儿子了，可他的夫人李氏还在，于是康熙亲自过问这件事，让曹寅的一个侄子曹頫过继给了曹寅，继续当江宁织造，侍奉李氏。这种延续家族血脉的方式在那个时代，从上到下都很流行，实行起来非常方便，除非你亲兄弟、堂兄弟全没有。但是在小说里，曹雪芹分明写到，秦钟死后，贾宝玉闻讯去奔丧,"来至秦钟门首,悄无一人,遂蜂拥至内室,唬的秦钟的两个远房婶母并几个弟兄都藏之不迭",可见秦业若是要从秦氏宗族里过继一个儿子,是很现成的事。可是这个秦业却既不纳妾也不过继,偏要到养生堂里抱孩子,抱来一儿一女以后,又不认真养那个儿子,倒是把心思全用在了女儿上头。这真是奇事一桩。

从养生堂抱来的这个女儿,秦业很喜欢,小名唤可儿;"可儿"在过去的语言里面,就是可爱的意思。在曹雪芹写到这句话的时候,下面就有脂砚斋的批语,就是"出名",意思是秦氏开始出现名字了,可儿便是秦可卿了。"秦氏究竟不知系出何氏,所谓寓褒贬别善恶是也",这话倒也无所谓;下面又说,是"秉刀斧之笔,具菩萨之心,亦甚难矣",就好像有什么隐情。如果他跟我们有的读者想法一样,虚构嘛,我就写是养生堂抱的,怎么着啊?那也就不必大惊小怪。但是脂砚斋说,这么写是"秉刀斧之笔"。怎么会是"秉刀斧之笔"呢?刀斧是用来砍削东西的,这就是说,她指出,作者写这个人物，是用大刀大斧砍去了很多真相。砍的是什么？又说"具菩萨之心"。"菩萨之心"就是不忍之心，慈悲之心，那么，显然是不忍心写出真相来，这又是怎么回事呢？谜团重重。

脂砚斋又说，"如此写来，可见来历亦甚苦矣，又知作者是欲天下人共来哭此情字"。就是说他给这家人取姓，姓秦，是有用意的，是谐音为"情"。这个秦可卿来历甚苦，长大以后呢，生得形容袅娜，性格风流。这个倒不用讨论，因为就是一个养生堂的姑娘，养大后也可能是这样的。奇怪的是营缮郎秦业因素与贾家有些瓜葛，故结了亲，将秦可卿许与贾蓉为妻。上一讲咱们费了老大力气，得出一个结论，就是贾蓉的妻子千万不能乱娶，宁国府的血脉已经到了三世单传的危急时刻了，娶媳妇一定要娶一个门当户对的，起码也得比贾府的门和户还要高，而且要保证能给贾蓉生儿子，也就是给宁国公这一支传续后代。可是仅仅因为营缮郎跟贾家有点瓜葛，就把他从养生堂抱养的女儿许给了贾蓉，还是娶为正室。旧社会一夫多妻，可以先娶小老婆，后娶正妻，那也是可以的，但宁国府不是这样，是正正经经地将秦可卿娶为了贾蓉的妻子。所以这一段话实在是每一句都古怪。

可能有朋友又要跟我讨论了，说也可能啊，曹雪芹在这儿想有一个超越，他就想写贾家有一种跟其他贵族家庭不一样的思想感情，就不嫌人家贫穷，虽然是富贵家庭，但是没有富贵眼光。但这个曹雪芹真是行文太奇怪了，他好像生怕咱们误会，好像就防着咱们这个思路，立刻在底下说，"那贾家上上下下都是一双富贵眼睛"，生怕你忘了这一点。哪里能说他想表现贾府是没有富贵眼光的呢？他提醒你，上上下下都是富贵眼光。所以秦业要送自己的儿子秦钟上贾氏的私塾，等于是附读，因为他并不是贾氏的后代，他只是一个亲戚，经人家允许，到那儿去读书；到那儿读书就得交学费，明着不叫学费，叫作贽见礼，按当时的规矩起码得二十四两银子。二十四两银子对贾家来说简直就不是钱，但是对秦业来说，就觉得很吃力，他很穷，贾家上上下下都看不起穷人，他很受歧视。

可能有人要跟我讨论，说你这个抠得太细，掰开了揉碎了你干吗呢？就不许人家曹雪芹偶然写上这么一句吗？不偶然。贾家是一双富贵眼睛，在第七十一回里面又写到了，那次是贾母的八旬之庆，很多亲友都来捧场，都来给她祝寿，当时远亲也来了，一个是贾瑞，他的母亲就带了女儿喜鸾，来给贾母祝寿；还有一个是贾琼，贾琼的母亲也带了一个女儿叫四姐的，到贾府来给贾母祝寿。贾母这个人有一个特点，她喜欢女孩子。你看她自己住在荣国府，但她把宁国府的惜春、贾赦的女儿迎春，都收到自己身边一块儿养起来。特别她觉得喜鸾和四姐长得模样又标致，又会说话，她很喜欢，于是就把两对母女留下来了，说吃完寿筵别走，玩几天。然后曹雪芹就特别写到贾母嘱咐所有的仆人，包括管家，她说到园子里各处女人跟前嘱咐嘱咐，说留下的喜鸾、四姐虽然穷，也要和家里的姑娘们一样，大家照看精心些。她说："我知道咱们家的男男女女都是一个富贵心，两只体面眼，未必把他两个放在眼里，有人小看了她们，我听见可不依。"

如果说在第八回末尾,说贾府的人都是一双富贵眼睛的话,还只是通过曹雪芹的叙述语言来说,那么到了第七十一回,就让其中一个重要人物贾母,让这个荣国府加上宁国府贾氏宗族辈分最高的人物自己来说,说我们家的情况我了解,是一个富贵心,两只体面眼。连家里这些仆人都是这个样子,贾家的那些主子们能例外吗?贾母看来有点例外,但是她也不过是把她们留下来玩儿几天罢了,而且毕竟从血缘上说又全是亲戚。

有红迷朋友注意到,书中第二十九回,贾母率全府女眷,包括几乎所有的大丫头和众多仆人,到清虚观去打醮祈福。清虚观的张道士跟贾母很熟,忽然给宝玉提亲,贾母没接他的茬儿,推说宝玉年纪还小,命里不该早娶,而且还说如果要娶的话,"不管他根基富贵",只要模样配得上,性格好就行。这是否意味着,贾母为儿孙娶媳妇真的不讲究根基富贵呢?我们先退一万步,假定贾母确实不讲究媳妇家的社会地位和经济状况,但贾母也并没有表示,她对那媳妇可以容忍到连血缘也弄不清的地步,就连长大后的养生堂弃婴也乐于接受,贾母绝对不是那样的意思。实际上贾母对宝玉的婚事一直挂在心上。第五十回她因为觉得薛宝琴实在太可爱了,比画上的美人还要出色,就动了念,就跟薛姨妈细问薛宝琴"年庚八字并家内景况"。宝琴是金陵四大家族的成员,血统不消说与宝玉是般配的,贾母真动了念,尚且还要细问宝琴"家内景况",当然首先是经济状况,哪里会真的让宝玉娶个破落家庭的女子呢?薛姨妈告诉贾母,宝琴已经许配给梅翰林家的儿子了,只是因为梅家有些特殊情况,一时还没有完婚。贾母听后,只好作罢。我以后会告诉大家我的分析,就是贾母为什么用那样的话拒绝张道士的提亲,那并不是贾母的真心话,只是一些托词。贾母虽然常常说点批评别人有富贵心、体面眼的话,其实在本质上,她的心是最具富贵气,眼是最讲体面的。第五十七回她对那个给宝玉看病的王太医怎么说的?"既如此,请到外面坐,开药方。若吃好了,我另外预备好谢礼……若耽误了,打发人去拆了太医院大堂。"这才是贾母最真实的思想感情。

好了，现在我们来说贾宝玉。贾宝玉在曹雪芹笔下是一个很有超越性的形象，他在那个社会里面，和主流是不相容的。那么我现在要讲他什么呢？就是说贾宝玉也有比较恶劣的一面。他虽然对周围的人很平等，特别是对丫头们，他喜欢丫头们，不光是平等对待，他把她们当作花朵一样对待。他是一个绛洞花王，是一个红颜色的洞窟里面护花的王子，他爱花，爱青春花朵，爱姑娘，不但爱主子姑娘，仆人、丫头……凡年轻的女性他都喜欢。但是他毕竟是一个贵族公子，他有时候也使性子，有一次下雨淋点雨，回去敲打怡红院的门，开门晚了一点，他一脚踹过去，没想到踹的是袭人，那晚上袭人就吐血了。他使性子，他毕竟是主子，是贵族公子，有时难免也要显露出纨绔子弟的任性。其实在《红楼梦》一开始的时候就写了他使性子，而且构成很大的事件，比踢得人吐血的后果更严重，这个是我今天特别要跟大家讲的，这事件无妨就叫枫露茶事件。

这个情节就在第八回。第八回太好看了。在梨香院，贾宝玉和薛宝钗互看对方的佩戴物，林黛玉来了，书中第一次展开三角关系，生动地刻画出了他们的不同性格，真是花团锦簇、玲珑剔透的文字。因为这些主要的情节太精彩了，以至于有的人对第八回刚才我说的那段文字，关于秦可卿出身的交代，都忽视了，枫露茶的事情就更是那么一带而过地翻过去了。

曹雪芹写贾宝玉在薛姨妈那儿喝酒喝醉了，其间还穿插着他的奶妈李嬷嬷拦他喝酒，他不乐意，他讨厌他的奶妈，两个人发生冲突。但是李嬷嬷也就是口头管一管，自己后来得便歇着去了。贾宝玉醉醺醺回到绛云轩——那时候还没有大观园，没有怡红院，他回到的地方应该是跟贾母住的房间连在一起的。这时候就发生了枫露茶事件。

本来我读《红楼梦》的时候，读到这，我很轻视，我觉得这有什么啊，这写什么呢？就写贾宝玉回去了以后要喝茶，有一个丫头叫茜雪，端了一杯茶给他，他一喝不对头，说怎么给我这个茶，早上我不是沏了一杯枫露茶吗？这个枫露茶是很怪的一种茶，在有关的茶经上可以查到它的资料。大体而言是用枫叶的嫩芽制作的一种茶，沏一道的时候不出色儿，要沏一道把水滗了，再沏一道再滗了，三四道才出色儿，那时候喝最好。所以贾宝玉认为他走的时候沏的，回来以后应该正好是三道，喝着最好的时候，你应该把这样的茶端给我。这个时候茜雪跟他说，这个茶是给你留着的，但是李奶奶来了（就是李嬷嬷），让她给喝了。李嬷嬷到贾宝玉住的地方专门是吃喝的，这个枫露茶，她说留着给宝玉干什么，我喝了吧，就把它给喝了。贾宝玉听了大怒。这时候曹雪芹就写了贵族公子可以随意发怒的特权。宝玉跳起来，大怒，把那个茶杯哐啷就扔出去了。茶杯碎了，溅了茜雪一裙子的茶水。他跳着脚地骂，说，谁是奶奶，不过就是我喝过她几口奶，有什么了不起，撵出去撵出去——他要撵这个李嬷嬷。当时是跟贾母住在一起，茶杯哐啷打碎了，而且地面肯定是很高级的，可能是水磨砖，甚至是另外当时有的高级材料的地面，声音是很大的。贾母就问什么声音？袭人还代为掩饰。这时候写袭人的性格，她在一般情况下总是息事宁人。袭人就跟那边说下雪了，我摔了一跤，把一个茶杯打碎了，没什么事，把这个事掩盖过去了。贾宝玉开始不过微醺，酒劲上来以后就大醉，大醉以后就大怒，枫露茶的谐音可能是"逢怒茶"。就是正好逢到我们绛洞花王大发雷霆，居然不爱花了，摧花到这个地步，对着茜雪大叫大嚷。当时李嬷嬷已经回家了，根本不在场。这是第八回里的事儿。

本来我读不懂，我觉得第八回写这个干吗呢？后来读了古本《红楼梦》，我就发现，脂砚斋有评语，说茜雪这个人物很重要。原来我以为茜雪就是给了一杯茶，触了一个霉头，然后就消失了，根据后来的交代是被撵走了，然后一直到八十回末尾，这个人再也没出现过。高鹗续后四十回，更没有茜雪的踪影。所以我曾经怀疑过，曹雪芹写书怎么能这么写，写小说，特别是长篇小说，应该是设置一个人物，就应该有他的作用，怎么写茜雪写到这儿，后面就没有了呢？而且更古怪的是，宝玉虽然发怒，他口口声声要撵的是李嬷嬷，可最后被撵走的怎么会是茜雪呢？第十九回，这个讨厌的李嬷嬷又出现了，若无其事，还对宝玉房里的丫头们说，"打量上次为茶撵茜雪的事我不知道呢"；第二十回，又提到"当日吃茶茜雪出去"；甚至到了第四十六回，写鸳鸯抗婚，她跟平儿、袭人说知心话，话里提到"死了的可人和金钏，去了的茜雪"，这都分明传达出同一个不会有误的信息，那就是因为枫露茶的事情，宝玉酒后大怒，竟导致了茜雪被撵。我们读过《红楼梦》全书就都懂得，府里的丫头，尤其是大丫头，被撵出去就意味着颜面扫地，甚至就断绝了生路。例如金钏被撵后羞愧难当，投井身亡；晴雯被撵后，仿佛一盆才抽出嫩箭的兰花被搬到猪圈里一般，很快就被摧残死了。因此，茜雪的被撵是一桩大事，而且她是书中头一个遭撵的丫头，撵她的起因还并不是王夫人认为她是狐媚子，她其实一点过错也没有，她是完完全全被冤枉的，但是，贾宝玉酒后大怒摔茶，她就是被撵了。

贾宝玉酒后高喊"撵出去撵出去",他要撵的是李嬷嬷,但这位李嬷嬷始终都在,贾府盖好大观园以后,她还到大观园里去活动。后来的"蜂腰桥设言传心事",已经是第二十六回,讲的是小红跟贾芸谈恋爱的故事。小红在大观园里面碰见谁了?碰见李嬷嬷了。说明她没事,没被撵,而且贾宝玉还让她给贾芸传话去。

我读第八回,开头读得不细,以为撵出去的是李嬷嬷。这老太婆着实招人厌烦,在喝枫露茶之前,她已经把宝玉特意留给晴雯的一碟豆腐皮包子私自端回她家去给她孙子吃了;后来又写到她把宝玉留给袭人的酥酪一边唠叨着一边吃尽了。她倚老卖老,没有给宝玉和宝玉身边的人带来半点快乐,只是不断地在那里扫人兴致,所以囫囵吞枣地读《红楼梦》,往往就会觉得,是李嬷嬷被撵出去了。但一细读,就发现,呀,因为一杯枫露茶,被撵出去的竟是茜雪,这个后面多次点出来了。

那么,问题就来了。茜雪被撵,她是怎么被撵的?为什么她本无辜却被撵了出去,而枫露茶事件的责任者李嬷嬷反倒被轻轻放过？这么一推敲，就觉得第八回好像缺一段文字，缺一段交代茜雪是怎么被撵出去的文字。现在各个古本的文字，在这个地方都接不上，写到这儿以后，忽然就不说了，就写宝玉醒了酒，第二天秦钟来了，他们就约了一起去家塾上学了。然后就交代秦钟家里怎么回事，附带就把他姐姐的出身交代了一下。这样的文本面貌很奇怪。所以第八回是很值得推敲、很怪的一回。

也许有人会想，曹雪芹写枫露茶事件，就是那么随便地写一笔，茜雪这个角色，就仿佛一次性手套，用完就扔一边了。如果真是这样，倒也罢了，但是我后来看了古本《红楼梦》之后，就知道茜雪不简单。脂砚斋说曹雪芹写《红楼梦》，有一个基本的写作技巧，叫一树千枝，一源万派，无意随手，伏脉千里。就是他写一件事，是有放射性作用的，一树千枝，不是单写一个树干，而是写很茂密的一棵大树；一源万派，虽然发源是一个小的源泉，但是最后流成了许多许多河流，一派就是一条支流；有时候你觉得他好像是无心，无意随手，实际上是伏脉千里。曹雪芹写茜雪,是打着埋伏呢,别看第八回以后突然就不见了,后来在第二十回的时候,当里面人物提到茜雪的时候,脂砚斋在她的批语里面就有这样的说法,说"茜雪至狱神庙方呈正文"。意思是说,前面这点茜雪是捎带脚写的,正经给茜雪立传,是在八十回以后的狱神庙那一回。《红楼梦》是一个群像小说,你可以说贾宝玉、林黛玉是主角,但绝不是只写他们的故事,里面还有许许多多的角色,这些角色在某一回里面可能是一个很次要的人物,但到了另外一回一下子成了那一回的主角。比如说迎春,"懦小姐不问累金凤"一回就是迎春正传,就是迎春的正文,作者把那部分文字整个儿献给迎春,塑造她的形象,表现她的懦弱、烂好人,好心眼到了不堪的地步,是任人欺负的那么一个人;"矢孤介杜绝宁国府"则是惜春的正文。那么茜雪的正文在哪一回呢?脂砚斋告诉我们,在狱神庙那一回,有至少半回文字是专门写茜雪的。脂砚斋告诉我们,"余只见有一次誊清时,与狱神庙慰宝玉等五六稿,被借阅者迷失,叹叹"。她明明看见了,有一次誊清时她看见了"狱神庙慰宝玉"这样的文字,当然是写茜雪到狱神庙安慰宝玉去了。宝玉为了一杯茶大发雷霆,造成她被撵出去的后果,但是她不念旧恶,也就是说她能全面看人,她觉得那是贾宝玉缺点的一次暴露,而贾宝玉还有很多优点,他落难以后值得去帮助。这还不是一次粗略的构思,在八十回后某一回已经写出来了,稿子都有了,誊清了好几次,可惜丢失了。由此可见,第八回写枫露茶事件绝非偶然。

讲秦可卿又讲到枫露茶事件,是为什么呢?我觉得关于秦可卿来历的这段文字,有后补的迹象,第八回不完整,去掉了一段文字,去掉的应该就是写茜雪被撵出去的一段文字。这没有什么不可写的,怎么因为摔了一杯枫露茶,贾宝玉口口声声要撵李嬷嬷,最后撵的不是李嬷嬷而是茜雪呢?这一回本来应该对此有所交代的,应该有这样的文字,从文气上看应该有的,但是现在我们看,各种古本一直到通行本都没有这段文字了。此外,《红楼梦》每一回的字数大体上是均衡的,他有一个基本的控制，可能有点出入，但不是很大。第八回传下来的文字，虽然少了一段茜雪被撵出去的文字，但规模跟其他回差不多。因此我猜测，现在看到的有关秦可卿出身的这段文字是后补进去的，因为要保持每一回的均衡。由于我们现在无法探知的原因，曹雪芹去掉了那一段，补上了这一段。这就是为什么那一段文字看起来很古怪。而且曹雪芹好像生怕咱们看不懂这段文字的古怪，生怕咱们不能理解他的苦心，不明白他是不得已才补这一段的，所以他每一句话都是更向荒唐演大荒，每一句话都古怪到底。

刚才我已经捋了一遍，是不是每句话，我们都会有疑问？他在写其他人的时候，不会引起我们这么多的疑问，再联系到第十三回秦可卿之死那一回——原来回目叫作"秦可卿淫丧天香楼"，据说有人看到的一种古本里面，"丧"还写成了"上"——在第十三回的脂砚斋批语里面说得更清楚，是她劝曹雪芹删去了关于秦可卿之死的大段文字。实际上，这也就是掩饰、隐去了秦可卿真实的出身和真实的死因，这又是一种非艺术性的考虑。因为删去了第十三回关于秦可卿的真实身份和真实死因，就必须找一个地方打一个补丁，有一个交代，所以曹雪芹就很痛苦地找到了第八回末尾，删去了枫露茶事件中茜雪被撵的一些文字，而接上这个补丁，来一段有关秦可卿、秦钟身世的文字。

这个猜测还缺乏坚实的论证的逻辑，我提出来谨供大家参考，希望大家一起探讨。

我有两个前提，大家应该基本能够接受：一个前提就是根据《红楼梦》中对贾府的描写，秦可卿的出身不可能寒微到那种地步，是一个养生堂抱来的弃婴，是被一个宦囊羞涩的小官吏抱养大的；第二个前提就是曹雪芹在对秦可卿这个形象的处理上是很痛苦的，非常痛苦，有很多非艺术性的考虑，所以他在文字上删删加加，补补贴贴，也就形成了我们现在可以从秦可卿入手去解读《红楼梦》的一个契机。下面，我们换一个思路，换一个角度，如果秦可卿真像曹雪芹交代的，是养生堂抱来的一个弃婴，是被一个宦囊羞涩的小官吏养大的，仅仅因为和贾家有一点瓜葛,就嫁到贾家来,而且是嫁给了三世单传的贾蓉为妻,还是正妻,那么根据艺术创作的基本规律,他描写的这个人物在各个方面,应该与他设置的出身是相匹配的、相协调的。换句话说,如果秦可卿真的是这样很寒微的出身,她应该有怎样的表现呢?

秦可卿的生存

我们知道,曹雪芹写人物很厉害,他不但通过这个人物本身的行为、语言、情感、心理来塑造人物,往往还通过别人的眼光,别人对他的评价、想法来塑造这个人物,这种例子比比皆是,写秦可卿也不例外。所以我们首先来看一看,贾府里面这些人怎么看待秦可卿。

我们首先选出贾母。贾母是怎么看待秦可卿的?通过贾母给她的定位,可以知道秦可卿在贾府当中的实际生存状态。贾母是个什么人呢?过去有一种贴标签的、简单化的分析办法,说,既然贾家是一个贵族家庭,是一个腐朽、没落的剥削阶级的家庭,贾母又是这个家庭宝塔尖上的一个人物,所以不用动脑筋了,这就是一个最糟糕的人,是封建统治阶级当中的一个腐朽、没落的人物,一个老顽固、老封建。这种简单化的分析不适合《红楼梦》。曹雪芹写人物是从生活原型出发,写出了活生生的生命,他使你相信,这种生命在历史的某一个时空里面实际存在过,他写出了人的复杂性。贾母当然是一个封建贵族家庭的宝塔尖上的人物,这个家庭的一些罪恶、阴暗面,她身上也有,她本人也要对这个家族的这些方面负责任。但是这只是她的一个方面而已,贾母实际上是一个很复杂的人物。

贾母有很慈爱的一面,她对家境贫寒的人、地位低下的人,有时候能够表达出一种真诚的关怀、一种怜恤,而且这不是装出来的。比如说,《红楼梦》里写了这样一个场面,大家一定记得,就是贾母带着荣国府的女眷到清虚观去打醮。打醮是一种宗教仪式,目的是祈求幸福。贾母当然是一个很享福的人了,所以这一回的回目就叫作"享福人福深还祷福",她觉得幸福还不够,她还要去祈祷神、佛,给她更多的幸福。那天她兴致很高,说天气很好,在打醮活动结束以后,还可以在那里让戏班子演戏,大家看戏。她说,咱们所有的太太、小姐们全去。贾母兴致一高,底下人当然就呼应,所以荣国府的女眷几乎是倾巢而出,薛姨妈去了,王熙凤去了,小姐们也都去了,小姐们身边的大丫头也去了,一些管事的妇人也去了,一些嬷嬷、老婆子,服侍她们的,也去了。所以那个场面,是书中的几次大场面之一。贾府的车轿人马前头都接近清虚观了,后头在荣国府门口还没动窝呢。你想,是多浩荡的一个队伍啊!

因为是一大群女眷去打醮,所以清虚观的道士们就需要先行回避。别的道士都很聪明,一听说贾府女眷快到了,一个个赶快都回避了。有一个小道士,动作比较迟慢,回避晚了,贾府的女眷都进门了,他才往外跑,就一头撞在王熙凤的怀里了。王熙凤很生气,抬手就给了他一耳刮子,把这个小道士打得翻滚在地,而且王熙凤脱口就骂了一句极难听的粗话——实在太难听,都不便在这里引出,如果忘了,可以翻到那段情节,自己去看。这个小道士本是负责剪蜡烛花的。那时候照明多半用蜡烛,蜡烛燃烧久了,蜡心会积存燃过的焦头,需要用一种剪子修剪,把剪下的焦头收集到剪筒里去,剪过的蜡烛火苗就恢复旺盛了。那小道士慌忙躲避的时候,手里还拿着剪筒。他躲晚了,一看全是妇女,不知道往哪儿逃,慌得不得了。所有那些贾府管事的,那些仆人,都要表示维护主人的尊严,一迭声地叫:"拿,拿,拿!打,打,打!"这个小道士被吓得魂不守舍,哆哆嗦嗦往外逃。这阵混乱惊动了贾母,她听见了,底下就有一段描写,贾母就问,怎么回事啊?贾珍就赶忙过去处理这个突发事件。

贾珍为什么要出现呢?贾珍是贾氏宗族的族长,宗族的老祖宗打醮的时候,他要组织子侄们到那儿做后勤保障工作,他是这次打醮活动的总指挥。书里还描写到,作为族长,贾珍是很有威严的，贾蓉怕热躲到阴凉里偷懒，被他狠狠教训了一顿，其他子侄一个个也就服服帖帖，不敢怠慢。这样的场合，贾珍当然在场，他赶紧到贾母跟前，贾母就说，快把那个小道士给带过来，贾珍就把小道士带了过去。小道士浑身乱颤，站都站不住了，贾母就慈爱地问他，多大了？几岁了？你叫什么呀？小道士哪回答得出来啊。贾母就嘱咐贾珍：珍哥儿，你好好对待他，把他带出去，哄着他，给他一些钱买果子吃，别叫人难为了他。贾母连说，可怜见的，小家小户的孩子哪见过咱们这种阵仗啊！你把他吓坏了，他老子娘该多心疼呀！贾母这样说、这样做绝非虚伪，是很真诚的，她确实有怜贫惜老的一面。书里写贾母的这种表现不止这一次，我就不多举例了。

为什么要把贾母对待小道士的事情说得这么细啊？是为了顺这么一个逻辑往下推演：如果说秦可卿是养生堂抱来的弃婴，她的养父是一个宦囊羞涩的小官吏，居然只因为她的养父跟贾家有一点瓜葛，就嫁到了贾家，嫁到了宁国府，而且嫁到了三世单传的宁国府的贾蓉身边，成了从贾母往下算，第一个重孙媳妇，如果真是这么回事，我们可以推测，贾母很可能反对这门亲事，说，怎么可以这么娶媳妇呢？你宁国府本身跟荣国府还不一样，你都三世单传了，贾蓉娶媳妇非常要紧，不仅是贾蓉个人的事，是宁国府的事，也是宁、荣两府共同的事，怎么能这么娶媳妇呢？当然也可能，由于贾母一想，毕竟宁国府跟荣国府还是有点区别，宁国府人家偏要娶这么个媳妇，我也不好深管，我就忍了吧。如果说贾母持这样一个态度，对秦可卿，她应该怎么想呢？她可能就会像对待那个小道士一样：可怜见的，你看，父母是谁她都不知道，娘家又那么样的贫寒，嫁过来了以后，一看表现也还不错，于是她就可能嘱咐上下人等，说你们要好好对待她，别委屈了她。可是我们一看《红楼梦》的描写呢，不对了，不是这么写的。

秦可卿是第五回正式出场的，她一出场就气象万千。第五回写一个什么故事呢？宁国府梅花盛开，所以尤氏兴致就很高，觉得是一个向亲戚，特别是向老祖宗献媚取宠的好机会,就邀请贾母、王夫人、王熙凤她们到宁国府来赏梅花,于是她们就都来了。贾宝玉照例要凑热闹,也跟着来了。贾宝玉虽然一方面确实是反对仕途经济,具有某种叛逆性,比如他说,那些个读书、参加科举、谋求官职的人是国贼禄蠹;但是另一方面,他又是一个地地道道的贵族公子。他很慵懒,赏完梅花,吃完午饭,他要睡午觉,而且不是一般地瞎凑合睡,他要好好地睡一觉。这个时候,书里就有一个很惊人的描写,就是秦可卿去安排他的午睡。

在那样一个封建社会里面,一个封建大家庭里面,贾宝玉这样身份的人要午睡,应该谁来安排呢?最妥当应该是贾珍来安排,他堂兄来安排,他们同辈,又都是男性。那么贾珍不在,谁出面安排?应该嫂子来安排,尤氏来安排。尤氏也没来安排。谁来安排呢?秦可卿来安排!贾宝玉辈分比秦可卿高,他是秦可卿的叔叔,秦可卿是贾宝玉的侄儿媳妇。但是书里描写,秦可卿年龄已经很大了,估计有二十岁上下,比宝玉大很多。一个年龄很大的侄儿媳妇去安排一个年龄小的叔叔午睡，你动点脑筋就觉得不合理、不妥当，这样的话别人会怎么看她呢？别人怎么看，咱们不管，咱们先看看书里怎么写贾母的眼光。书里怎么写的呢？我们把书先拿手摁上。我们设想一下，我读过好几遍《红楼梦》了，现在从头来重新读第五回，贾母大概会想，可怜见的，家里没人，难为她了……不是的！

——"贾母素知秦氏是个极妥当的人"，她不是一次妥当，两次妥当，素来就妥当！她忽然走出来带宝玉去午睡，极妥当。这是贾母的眼光。贾母认为，秦可卿"生得袅娜纤巧，行事又温柔和平"——一个是形容她的相貌、身段，一个是形容性格、气质，都很不错。这倒也罢了。然后曹雪芹通过叙述性语言，替贾母做出了一个不可争议的判断。这个判断是这样的，说秦可卿"乃重孙媳中第一个得意之人"！不觉得奇怪吗？如果第八回那段文字不是我说的打的补丁，而真是那么回事的话，她怎么会是"第一个得意之人"呢？让老祖宗觉得很得意，而且"第一得意"。

有朋友说,哎呀,《红楼梦》古本很多,文字有区别,有的这么写,有的那么写,是不是你选择的这一本这一句写错了啊?怪了,现在我们所能看到的《红楼梦》的古本有很多种,这些古本当中的很多文句都不一样,但是偏偏这一句,全都一样,可见是曹雪芹的原笔原意。贾母就是认为秦可卿"乃重孙媳中第一个得意之人"。在一个封建大家庭,以贾母这样的身份,对她的儿媳妇、孙媳妇、重孙媳妇做出判断,她认为妥当,她认为得意的第一要素应该是什么?就是血统,就是门当户对,就是家庭背景好。你看,这不是和第八回末尾打的那个补丁满拧了吗?而且再仔细推敲,这话就太怪了。从故事开始到这个阶段的时候,整个宁、荣两府只有一个重孙娶了媳妇,就是贾蓉娶了秦可卿,本来没有可对比的,是不是?可是贾母就等于有一个预言,就是以后贾琏你也生了一个儿子,也娶了一个媳妇,我现在都不用想,肯定比不了秦可卿;或者你贾宝玉今后也有一个儿子,也娶媳妇,或者贾环也有儿子,也娶媳妇,但都比不了秦可卿。当然,这些人都还没有生儿子。但是,贾母眼前也有了一个重孙子,就是贾兰(原文繁体字:蘭),"草"字头,跟贾蓉是一辈的。贾兰当时也不算太小了,贾母只要身体健康,有福气长寿的话,是能眼看着贾兰娶媳妇的。那么,怎么能够事先就断定,贾兰不管娶什么媳妇,秦可卿都永远是第一得意之人呢?怎么秦可卿就那么不可超越呢?这值不值得我们思索呢?我觉得,很值得我们思索。

下面我们再分析一下,秦可卿的公婆怎么看待秦可卿。马上有人会撇嘴,哎呀,别提她的公公了,她公公对她好,还用你说吗?她公公对她好,还非得她出身背景好吗?人家那是另外一回事!你说得也很对,贾珍和秦可卿的暧昧关系,不是什么极端的家族隐秘,在第七回的末尾,我们就可以看到。当时是王熙凤和贾宝玉到宁国府去玩儿,那一次就见到了秦钟,最后秦钟要回家。秦钟跟秦可卿什么关系呢?名分上的姐弟,既不同父,也不同母,面子上的事,所以并不让他留宿在宁国府,晚上就要送回去。管家派的谁送秦钟呢?一个老仆人,叫焦大。焦大喝醉了酒,一听说派这个活儿,火冒三丈,而且仗着他原来在上几辈主子面前有脸面,破口大骂。骂的话很多,我现在就只拎出一句,他有一句话,惊心动魄,叫作"爬灰的爬灰"!

"爬灰的爬灰",这是什么意思呢?是指公公与儿媳妇私通。据说过去庙里的香炉里,总有人烧锡纸叠的银锭,也许是表示向神佛献礼,也许是为亲人的亡灵提供在阴间使用的银子。有时候,因为香炉里塞的锡纸叠的银锭太多了,外面一层烧成灰了,里面却还剩下许多并没有烧透,甚至还颇完好。于是,就有人去扒灰,把灰烬扒开,去偷那里头的锡纸,偷出来可以再利用,再变成大小不一的银锭,卖给人拿去烧。所以,"扒灰"就是"偷锡",转化为谐音,就是"爬灰",就是"偷媳",也就是公公偷媳妇,跟媳妇乱来,发生不正当关系。

焦大骂的什么意思就很清楚了。他的矛头还不是直接指向秦可卿,而是直指贾珍。他骂的声音很高,不但已经坐上车的凤姐和贾宝玉听得清清楚楚，贾蓉也听见了，尤氏当然也听见了，周围的仆妇们也都听见了。

所以贾珍的这个问题，在宁国府不是什么秘密，就算尤氏是一个性格比较懦弱的人，或者这个人没有什么决断，不能够断定儿媳和丈夫通奸，至少她应该不愉快，至少她应该觉得很恶心、很堵心。所以第十回写到秦可卿生病的时候，尤氏的反应，按我们这样的思维逻辑，应该是这样：你本来就不知道父母是谁，是一个野种，又是从一个小官僚家勉勉强强嫁到我们家来的，居然跟你公公不干不净的，你得病了，活该，死了才好呢！而且秦可卿的病，大家知道，书里面隐隐约约也写到，她是月经不调，几个月没有经期，或者经期特别长。这很可能是怀孕了，邢夫人就以为她是有喜了。如果怀孕的话，尤氏转怒为喜，还是有可能的，因为毕竟娶这个媳妇，就是要让贾蓉把宁国府的三世单传传到第四世。但是大夫说得很肯定，不是喜，尤氏好像也认可大夫的判断，不是怀孕，就是病了。那么，《红楼梦》就有大段文字写尤氏对待秦可卿生病的态度和反应，应该细读。

　　针对秦可卿的病，尤氏说了些什么话呢？她嘱咐秦可卿："你且不必拘礼，早晚不必照例上来。"什么叫早晚照例上来？《红楼梦》来来回回写，贾宝玉、林黛玉他们早晨要到长辈面前去晨省，晚上要去晚省，就是晚辈每天一早一晚都要去给长辈请安的，除非病了，长辈允许你不去，否则都得去，例行功课，不得有误。但是尤氏对秦可卿如此宽容，她说，你病了，早晚不必照例上来了，你就好生养养吧，就是亲戚一家子来，有我呢；就有长辈们怪你，等我替你告诉他们。而且尤氏还有更古怪的话，她对她的儿子贾蓉说："你不许累掯他。""累掯"是北方的语言，这句话就是说，不许你难为她，不许招她生气。底下的话越说越奇怪，说："倘若她有个好和歹，你再要娶这么一个媳妇，这么个模样儿，这么个性情的人儿，打着灯笼也没地方找去。"这事太奇怪了！她听见焦大骂"爬灰的爬灰"，在说这些话之前，应该对她儿媳妇非常反感，犯不上这么看重她，又不是怀孕，得了这种怪病，居然就关怀备至到如此程度。而且，怎么就会打着灯笼也找不到比养生堂抱来的野种还好的女子呢？这不合逻辑啊。而尤氏竟然这么说。

你说，秦可卿在贾府里面是一个什么样的生存状态呢？透过别人的眼光就能看得很清楚了。从贾母开始，上上下下都尊重她，喜欢她，她没有任何不适应的地方，好比鱼游春水，非常自如，她是这么一种生存状态。尤氏跟人还说了这样的话，说，哪个亲戚，哪家的长辈不喜欢她啊！这就奇怪了，就算你宁国府容了她，贾母容了她，三亲四戚的不许人说闲话啊？你们家娶媳妇就娶一个养生堂抱来的野种，她娘家就是一个小官僚，不许有人不喜欢她啊？怪了，没有一家长辈不喜欢她。所以尤氏就说了，这两日好不烦心，焦得我了不得，我想到她这病上，我心里倒像针扎似的。这么一个媳妇得点病，她心就像针扎似的。你说说，这多心疼啊。

我们再看看，贾府里面一个非常重要的、拿事的人物，王熙凤，她怎么对待秦可卿。王熙凤，说老实话，就像贾母点出来的："一个富贵心，两只体面眼。"那可是好厉害的一个人！你看，远房的亲戚贾芸到她那儿求个事，她都不拿正眼瞅贾芸，直到贾芸给她行贿，送给她一些冰片、麝香，那是很值钱的东西，她才收了。因为宗族的子弟一旦被派了个事以后，就可以到总账房去关银子，关了银子以后，一部分办事，一部分就归自个儿了，所以贾氏的旁支，远亲的这些子侄们，都愿意到贾府里面揽一个事。在贾芸之前，贾芹就揽了个管家庙的肥差，好不神气！贾芸看着眼馋，当然也就更努力地去谋求。他费了老大劲，其间还遭到亲舅舅的白眼，偶然遇上了醉金刚倪二，才得到资助，弄了些冰片、麝香来向王熙凤行贿。可是王熙凤呢，东西是收了，却脚步都不停，连正眼都不看他，并不马上派他的活儿，到后来才假惺惺地说，你怎么不早说啊？最后才派他一个在大观园里面补种树木花草的这么一个活儿。这就是王熙凤，她对自己知根知底的亲友尚且如此。贾芸虽然家境贫寒，但他是贾氏宗族的正式成员，父母是谁，再往上是谁，查家谱清清楚楚，她对他尚且如此，那么对秦可卿，按道理应该是一万个看不上,是不是?你们宁国府瞎了眼了,娶媳妇娶来一个养生堂里抱来的弃婴,什么家庭背景啊?秦业,小官僚,好寒酸!按说,她对秦可卿最好的态度也不过是敷衍。可是,不是!她跟秦可卿成了密友。虽然她辈分高,是婶子,秦可卿是侄媳妇,两个人却好得不得了,书里面是明明确确地这么写的。像第十一回写道,王熙凤到宁国府去看望生病的秦可卿,说了那么多的贴心话。举一例,王熙凤说了:"你公公婆婆听见治得好你,别说一日二钱人参,就是二斤也能够吃得起。"她安慰秦可卿,说整个贾府会竭尽全力来保住秦可卿的性命,一天吃二斤人参都吃得起的,如果宁国府没有了,到荣国府要去。她去看望秦可卿的时候,贾宝玉老跟着,王熙凤嫌他有点多余,就把贾宝玉给支走了。支走了以后有很重要的一笔,就是写王熙凤又和秦氏两个人压低声音,说了许多的衷肠话。你看,她们两个人感情多好?这是对一个从养生堂抱来的弃婴的态度吗?绝对不是。

秦可卿死了以后,书里写道,"彼时合家皆

知,无不纳罕,都有些疑心",有的古本"无不纳罕"又写成"无不赞叹"。怎么她死了会让人"纳罕",或者引出"赞叹"?"都有些疑心",疑心什么?这些以后我会再加分析。接着这两句话写的是什么呢?说是,那长一辈的想她素日的孝顺,平一辈的想她平日和睦亲密,下一辈的想她素日慈爱,以及家中仆从老小想她素日怜贫惜贱、慈老爱幼之恩,无不悲嚎痛哭。就算她人缘好,她毕竟是养生堂里来的,血缘不清,抱养她的秦业又只是个穷窘的小官,按说,无论是府里老的小的,主子奴才,总会有人这么样想啊:她虽然死了,运气还是很不错啊,那么个出身,享了一阵大福,也够本了……但曹雪芹用客观叙述的语气来写,竟没有举出这种反应来,竟都一致地只是感念她的好处。最奇怪的是还特别说她素日怜贫惜贱。其实就出身而言,她自己才是既贫又贱,她是需要人家来怜惜她的呀。书里的种种描写,只让我们感觉到她非常高贵,上上下下的人们,对她似乎始终都是在仰视,她死了,竟然是无不悲嚎痛哭。这样的总括性描写，似乎是在进一步地透露，这个人的真实出身，绝非寒微。

我们还可以从秦可卿本人的心态，进一步考察她在贾府的生存状态。

我们现在看一看，秦可卿自己是怎么想的。写一个人物，一个是写周围的人怎么看待她，一个是写她自己，往她内心写，她自己怎么想。秦可卿如果真是养生堂抱来的弃婴，如果她的养父真的是一个宦囊羞涩的小官僚，她必然会有自卑心理，她会觉得很难为情。她表面上可以强撑着，但是一到夜深人静，清夜扪心，她就会感到自己处在一种凶险的环境当中，人家这么富贵，自己的背景如此不堪，她会自卑的，会痛苦。可是，书里面一笔这样的描写也没有，从她第五回出场到第十三回死去，完全没有这样的内容。就是凤姐去探望她的病情，她跟凤姐说的一番话里面，有愧疚，但也不是自卑。她是这么跟凤姐说的："这都是我没福，这样人家，公公婆婆当自己的女孩似的待。婶娘的侄儿虽说年轻，却也是他敬我，我敬他，从来没有红过脸儿。就是一家子的长辈、同辈之中，除了婶子倒不用说了，别人也从无不疼我的，也无不和我好的。"她之所以觉得有些愧疚，不是因为自己的出身寒微，而是觉得别人对她这么好，可是她却不争气，病得就要死了。而且她还说了一句惊心动魄的话，叫作"任凭神仙也罢，治得病治不得命"。她这是什么话？什么意思？所以秦可卿在心理上有一个阴影，死亡的阴影，而不是因为出身、血统和家庭财富不够而产生的阴影。

有人会说，就不许人家曹雪芹偏这么写吗？人家是小说，他就要这么写，这个人物她的家庭背景比较差，她就不自卑。那么，是不是他每个人物都这么写的呢？我们可以考察一下《红楼梦》的文本，曹雪芹遵守一个原则，就是一个人的气质、身份，以及内心的情感、心理活动，都是紧扣着这个人的血统，这个人的政治、经济地位来写的，毫无例外。

比如，最简单的例子，就是探春和贾环。探春，她是贾政的女儿，她父亲的血统非常尊贵，仅仅因为母亲的血统比较卑微,你看她的存在状态里面就有多么浓重的阴影啊!书里面有很大篇幅来写她内心的痛苦,仅仅因为她母亲本来是贾府里面的一个奴才,不知道怎么有一天被贾政睡过了,生出了她,又生出了一个弟弟,所以,贾政就把这个人纳为了小老婆,就是赵姨娘。就是因为这么一个原因,她就痛苦得不得了。而且她和她的生母发生了剧烈冲突,她不承认赵姨娘是她的母亲。她说,我只认老爷、太太,谁是我父亲啊?贾政。谁是我妈啊?王夫人。你是什么啊?你是奴才。赵姨娘的兄弟赵国基死后,在赏赐多少两银子给死者家里的问题上,她和她的生母发生了剧烈冲突,她只给了二十两。因为根据贾府的老规矩,家生家养的奴才死了,抚恤金就是二十两。如果外面进来的奴才死了,可能抚恤金要高一些。她严格遵照当时的规则来做这件事,赵姨娘就不干了,哭哭啼啼就跑了。当时王熙凤病了,探春、李纨和薛宝钗代王熙凤理家管事。赵姨娘就说,你是我肠子里爬出来的,别人不拉扯我便罢了,你怎么不拉扯我啊?探春气得不得了,说,一个人要是正常的话,需要人拉扯吗?她虽然去和赵姨娘抗争,但是内心非常痛苦,就因为她血脉里流的血一半是贾政的,另一半居然是赵姨娘的。她其实比那个养生堂抱来的弃婴强多了,但她仍然很痛苦,非常痛苦。

贾环也是一样。贾环跑到薛宝钗那儿去做游戏,和莺儿、香菱她们赶围棋、掷骰子,他耍赖,莺儿就说了他几句,说,你个爷们,你就好像臭讹,贪我们点小钱财。他顿时就哭了,他哭的原因,就是他内心有一个阴影,一个血统阴影。他说,你们都知道,我不是太太养的,你们就一味地欺负我。贾环的这种因庶出而自卑自贱的例子,书里还有许多。所以你看曹雪芹笔下写人,是要从这个人物的血统来写人物内心的,不可能他写探春写贾环遵照这样一个原则,写秦可卿又是另外一个原则。

这只是血统问题,《红楼梦》有没有写某个人,因为自己家境比较贫寒而内心很痛苦的?有没有这种例子呢?有的。比如说邢岫烟。她是邢夫人兄弟的女儿。当时邢家家境已经走下坡路了,她的父母就带着她投奔了邢夫人,邢夫人就把她安排在大观园迎春的那个住处住下了。书里面写到,虽然她和薛宝琴,还有李纨寡婶带来的两个女儿李纹、李绮,住进贾府以后,王熙凤都按贾府里小姐们的标准,一个月给她们发放二两银子使用,但是邢夫人很克啬,她让邢岫烟只留一两银子,那一两银子让邢岫烟交给她的父母。这样邢岫烟借住在迎春那里,脂粉钱都不够,但为了笼络住迎春的那些丫头,有时候还得从本已不多的钱里,再额外拿出些来请那些丫头吃点心,她活得真够尴尬的。书里还有一段雪后大观园的女儿们加上贾宝玉聚会的情景,写得如诗如画。在这段描写里面,每一位小姐都穿着非常华贵的防雪的斗篷、大衣。贾宝玉不消说了,贾母给了他一袭雀金裘,用金线跟孔雀毛捻成线,用这种线织成披风,自是十分华贵。贾母很喜欢薛宝琴,给薛宝琴一件披风更不得了,叫作凫靥裘,是用野鸭子头上那点毛攒起来织就的斗篷,这得多少野鸭子啊!其他人穿的,或者是茄色哆罗呢对襟大长褂子，或者是所谓鹤氅，头上或者是昭君套，或者是观音兜，争奇斗胜，就是大红猩猩毡的斗篷都不稀奇了。这时就写到，邢岫烟因为家境贫寒，没有大斗篷，没有大衣服，在其他的美女面前，就成了拱肩缩背的形象，好不可怜见的。她后来甚至还不得不偷偷把棉衣拿到当铺去换一点钱。她内心自然很痛苦。所以你看，曹雪芹笔下因为家境贫寒而痛苦的例子是有的。可是他写到秦可卿，秦可卿的血统远比探春、贾环糟糕，家庭背景远比邢岫烟糟糕，但是在关于秦可卿的描写里面，何尝有一丝一毫的自卑心理呢？何尝有一丝一毫因为自己的血统，因为自己的家庭背景，而产生的自卑与痛苦呢？没有的。这就是曹雪芹描绘的秦可卿在贾府的实际生存状态。

所以，我们就应该提出一个更新的问题，就是如果《红楼梦》第八回末尾，关于秦可卿的那个交代是后来为了掩饰什么、遮盖什么，不得已打的一个补丁的话，那么秦可卿的真实出身究竟是什么呢？这个人物的原型是谁？曹雪芹根据这个原型所描写的秦可卿,在他原来的构思和文本里面是一个什么样的人呢?这就是我们下一讲所要揭开的秘密,秦可卿的出身不但并不寒微,而且还高于贾府。

秦可卿的出身

秦可卿的出身不仅不寒微,而且还高于贾府。

为什么这么说呢?第五回,秦可卿正式出场,带贾宝玉去午睡。她先带他到贾珍和尤氏的正房,这是正确的,因为贾宝玉是和贾珍、尤氏一辈的,所以要先到正房去。正房挂了一幅《燃藜图》。《燃藜图》是一幅劝人好好读书做学问的画,贾宝玉一看就不喜欢,说不能在这儿,于是秦可卿就把贾宝玉带到她自己的卧室。这当然相当出格了,因为贾宝玉是她的叔叔,侄儿媳妇把叔叔带到自己的卧室去午睡,这实在是有悖封建礼教。所以书里面写了,有一个嬷嬷说了,说怎么这样安排啊?但是秦可卿气派很大,满不在乎,说,他能多大,就讲究这个了?就把贾宝玉带到了她的卧室。

于是,就有了一段非常奇特的文字,就是对秦可卿卧室的描写。卧室里挂有唐伯虎的《海棠春睡图》。《海棠春睡图》画的是杨贵妃喝醉酒以后,像海棠花一样美丽的情景,贾宝玉喜欢。唐伯虎是明代的著名画家,这段描写说明秦可卿藏有唐伯虎的一幅大画。这倒也还算不了什么。秦可卿的卧室里面还有一副秦太虚的对联。秦太虚是宋朝人,对联很符合贾宝玉的审美趣味,写的是:"嫩寒锁梦因春冷,芳气笼人是酒香。"贾宝玉说这里好,我就在这儿午睡。然后他环顾这个卧室,不得了!哪里是仅仅有唐伯虎的画和秦太虚的对联啊。是什么样的陈设呢?"案上设着武则天当日镜室中设的宝镜",好夸张啊!是不是?"一边摆着飞燕立着舞过的金盘,盘内盛着安禄山掷过伤了太真乳的木瓜。"这里说的木瓜应该不是真正的木瓜,而是一个用玉石仿制的木瓜,是很贵重的东西。"上面设着寿昌公主于含章殿下卧的榻，悬的是同昌公主制的联珠帐。"这些是什么东西啊？以前的红学界对这一段描写的解释基本都定这么一个调子，说这是夸张的描写，主要是为了表现秦可卿的生活很奢靡，而且她本人很淫荡。这个解释也不能说完全没有道理，但是它不能让我这样一个《红楼梦》爱好者完全信服。

你说这些描写表现她生活奢靡，当然说得通；但说它完全是为了暗示秦可卿很淫荡，不太说得通。武则天、赵飞燕、安禄山、杨太真，你说他们都带有某种淫荡性，作为淫荡的符码出现，这个我认同，但是寿昌公主和同昌公主的故事里面没有什么淫荡的内容。这个寿昌公主应该是寿阳公主，历史上这个人，我不细说。其实关于她的故事很简单，就是一件事，有一天她在含章殿下的卧榻上休息，风吹落了一朵梅花，掉在她两眉之间稍上一点的额头这个地方，拂之不去，在她额头上定格了。她开始很烦恼，但别人一看，都赞叹道，怎么那么漂亮啊！于是宫里面就竞相模仿，纷纷用化妆品来画梅花，在当时就形成了一种著名的梅花妆。这个故事一点都不淫荡。还有同昌公主的故事也不复杂，其中最重要的一点就是她自己亲手用珍珠串了一个帐幔，就是一个联珠帐，当然很华贵，但是谈不到淫荡。而且请大家特别注意，武则天当过女皇帝，赵飞燕是一个爱妃，杨太真也是一个爱妃，安禄山是后来篡权，一度当过皇帝的人。作者不仅写到了皇帝，还写到两个公主，这些夸张的暗示性的符码究竟在隐喻什么？我想，它绝不仅仅是隐喻秦可卿生活很奢靡，或者是说秦可卿很淫荡。它实际上应该是在影射，秦可卿的血统高贵到是帝王家的公主的地步。你看，这些全是帝王家的符码，而且还两次出现了公主的符码，对不对？它用这样的手法暗示秦可卿真实的血统。

有人又要说了，人家是小说，是艺术创作，使用一种夸张的方式，你有什么大惊小怪的呢？但是我们读《红楼梦》要通盘考虑，曹雪芹多次写到贾府里面的室内装饰，都是非常写实的。比如，他写荣国府的正房，写到了皇帝赐的金匾，还写到了一副鏨银的对联,很写实。他没有把前代帝王的东西搬到那儿去摆着,说是大紫檀雕螭案上设着三尺来高的青绿古铜鼎,悬着待漏随朝墨龙大画,一边摆的是金蜼彝,是一种很贵重的东西,应该是青铜制品,另一边是玻璃盒,在那个时代玻璃也是一种很贵重的东西;地下是两溜十六张楠木交椅。他写荣国府的正房,非常写实,的确有一些夸张,但是适度。而且,请注意,他写林黛玉进了荣国府东廊三间小正房里,那是贾政和王夫人日常活动的空间,特别写道,靠东壁设着半旧的青缎靠背引枕,西边呢,也是半旧的青缎靠背坐褥,挨炕呢,是一溜三张椅子,上头搭着半旧的弹墨椅袱。他不厌其烦地连用了三次"半旧"这个形容词,不但不去夸张,而且写实到如此"忠诚老实"的地步。可见,写实是他对场景描绘的一个基本原则。

通读八十回,除了第五回那样写秦可卿的卧室,其他室内场景都是近乎白描的写实手法。比如,他写潇湘馆,贾母带着刘姥姥逛大观园,两宴大观园,到了潇湘馆,就看到潇湘馆林黛玉这个屋子，窗下案上设着笔砚，书架上放了满满的书，很写实。他不使用什么夸张的手法。又比如说到了探春住的秋爽斋——探春是小说里面一个才女，非常有才能。有的读者粗心，觉得探春写诗写不过林黛玉，写不过薛宝钗，写不过史湘云，就觉得她好像比较平庸。一般读者记得惜春会画画，而探春是一个书法家，她有特殊才能，她书法好。秋爽斋里面什么摆设呢？当地放着一张花梨大理石大案，这就是用来挥墨的；案上叠放着各种名人法帖，她揣摩各种前代名人的书法作品；而且桌上有数十方宝砚——不是一两块砚台，这说明：一是她收集砚台，一是她书法的创作量非常之大；各色笔筒、笔海内插的笔如树林一般。这也使用了夸张的手法，但是绝不是极度夸张，是基本上都可以复原的一种景象。她真是一个书法家。如果细心，还会注意到，元春省亲之后，因为姊妹们根据她的命令都有所题咏，最后她觉得，为志一时盛事，需要做一个总的记录，便指定探春来誊抄这些诗歌。为什么指定她？就是因为探春是个书法家。

可见《红楼梦》从头到尾，以写室内陈设而言，一律采取写实的办法，几乎没有例外——唯一一处例外，就是写秦可卿的卧室陈设，极度夸张，无法复原。怎么复原呢？哪儿找这些东西去啊？这就说明曹雪芹有他的苦心，他写别的那些陈设也许无非是烘托气氛，展示一下人物的性格而已；写秦可卿的卧室陈设，就是故意要让读者大吃一惊。他的目的，就是暗示我们，秦可卿的血统实际上高于贾府，乃帝王家的血肉——是公主级的人物！

当然，曹雪芹的这番苦心，也不是一下子就能让人领悟出来的，脂砚斋早期批语说，这是"设譬调侃耳"，又说"一路设譬之文，迥非《石头记》大笔所属，别有他属，余所不知"。脂砚斋刚开始有可能还不清楚曹雪芹的深意，早期她是边读边批，批前头的时候，还没看到后头，就凭直觉发议论。比如她曾认为小红是"奸邪婢"，读到后面的文字，才恍然大悟，知道自己错了，才明白原来曹雪芹是要写一个复杂的角色。小红前面的一些作为似乎"奸邪",但其实在曹雪芹的总体构思里,她最后会与贾芸一起,冒险去救助落难的贾宝玉,是一个有见识、有胆略、敢作敢为的青年女性。脂砚斋弄明白后就对自己前面的批评做了纠正。对秦可卿也是一样,开头她可能确实不明白曹雪芹为什么那样描写她的卧室,后来,读到第十三回,她不仅弄明白了,而且出于对人物原型的同情,更为了避免文字狱,还建议曹雪芹删去天香楼一节,少却好几"叶"文字。

说到这儿,可能有人不服气,说你光是举卧室描写这一个证据,不足以说明秦可卿的真实出身高于贾府。我们接着再往下看。第五回,贾宝玉在秦可卿的卧室睡了,入睡后就做了一个梦,梦中觉得秦可卿在前面,好像导游一样,领他去了一个地方。什么地方呢?"太虚幻境",是一个仙境。不是别人,而是秦可卿把他引入仙境。这当然也还无所谓,因为是秦可卿安排他入睡的。然后在仙境里面,他认识了一个仙姑,就是警幻仙姑。警幻仙姑不但是仙界的人物,而且和宁国府、荣国府还有很深的关系；不是和现在活着的这些人有关系，是和两府的老祖宗有关系。警幻仙姑后来就说了一段话，说"今日原欲往荣府去接绛珠"——"绛珠"就是绛珠仙子，就是林黛玉。

曹雪芹写《红楼梦》，一方面写实，一方面确实又非常艺术，富于艺术想象。关于这一点在这儿不细展开。大意是说，林黛玉是天界的一株仙草，是"绛珠仙子"，警幻仙姑本来是要去荣国府接"绛珠仙子"，"适从宁府所过，偶遇宁、荣二公之灵"，宁国公、荣国公就遇见她了，当然是阴灵。两人就跟她说："吾家自国朝定鼎以来，功名奕世，富贵传流，虽历百年，奈运终数尽，不可挽回者。故遗之子孙虽多，竟无一个可以继业者。其中惟嫡孙宝玉一人，禀性乖张，生情怪谲，虽聪明灵慧，略可望成，无奈吾家运数合终，恐无人规引入正。"因此就苦苦哀求警幻仙子，求她引领贾宝玉走上正途。

所以你看，这个警幻仙姑身份很高，高于宁、荣二公，二公是要苦苦求她的。这个梦境写来写去写到最后,我们就发现,闹半天,秦可卿是警幻仙姑的妹妹。警幻仙姑怎么引领贾宝玉走正路呢?我先让你把声色之娱享受够了,让你懂得这些也无非如此而已,希望你享受够了以后就能幡然悔悟,觉得还是去谋取仕途经济算了。在这个过程当中,为了让贾宝玉享受性爱,就把自己的妹妹秦可卿介绍给了他。所以秦可卿既是警幻仙姑的妹妹,又是贾宝玉的性启蒙者。她的这种身份难道不是高于贾府吗?如果是一个养生堂抱来的弃婴,是一个宦囊羞涩的小官僚养大的女子,她怎么能够出任这种角色呢?不可能的。但是《红楼梦》就是这么来写的。这又是一个证据,证明秦可卿身份非同小可。

现在要探讨的是,她的出身是不是高于贾府。我们来看一看有关她的判词,以及唱到她的曲子是怎么写的。贾宝玉翻看册页的时候就看到,在金陵十二钗正册的最后一页上,画着高楼大厦,高楼里面有一个美人悬梁自尽,有四句判词:"情天情海幻情身,情既相逢必主淫。漫言不肖皆荣出,造衅开端实在宁。"这四句以后会多次谈到,现在我们只说第一句,就是"情天情海幻情身"。秦可卿的背景是天和海,曹雪芹在为交代她的出身打补丁的时候,为她的养父取了一个名字,叫秦业,她是情天、情海幻化出来的一个身子,来历非同小可。画一个美人在高楼上悬梁自尽,这个楼叫什么名字?秦可卿死后,贾珍给她大办丧事,除了在府里大厅上安排一百单八个和尚给她念经,还另设一坛于天香楼上,让九十九个道士给她打醮。这个醮的名字是什么呢?是"解冤洗业醮",要连续搞七七四十九天。这都不能说是暗示了,是明点。秦可卿上吊的那座高楼就是天香楼。古本《红楼梦》第十三回的回目原本就叫"秦可卿淫丧天香楼",现在我们看到的却是"秦可卿死封龙禁尉",这根本不通嘛。龙禁尉是皇帝的卫兵,女的根本不能有那么个封号,何况书里写得很清楚,是贾蓉花钱买了个龙禁尉的封号,怎么能说"秦可卿死封龙禁尉"呢?

"天香楼"这个楼名有怎样的含义?有两句诗:"桂子月中落,天香云外飘。"这是唐朝诗人宋之问的句子。月亮里面，依照中国人的想象，有嫦娥，有一棵桂花树，有吴刚，还有一只兔子在那儿捣灵药。桂子，就是桂花结成米粒状的东西，"桂子月中落"，当真是国色天香了。"情天情海幻情深"，这是什么出身？天香楼是什么象征？就是来自月亮里面，芬芳从云层飘向人间，可见秦可卿出身非同小可，是高于贾府的。

如果这些证据还不足以说服你的话，我们就一起再来重新看一下第七回。第七回常被很多读者忽略。这一回前面写的是送宫花。怎么回事呢？薛姨妈和王夫人在一起聊天，周瑞家的去了。周瑞家的是王夫人的一个陪房。陪房，就是随女主人出嫁，作为一种活的嫁妆，跟随女主人来到婚后的府第里的仆人。这仆人已经是一家子人了，男仆如果叫周瑞，他媳妇就叫周瑞家的。《红楼梦》里有不少这样的角色，如林之孝家的、王善保家的等等。这个周瑞家的是王夫人很得用的一个管事的女仆。周瑞家的到了薛姨妈面前，薛姨妈就忽然想起一个事来。薛姨妈她们家是干什么的呢？是给宫里当采买、采办的。所以宫里面用什么东西，会先过他们家的手；她在往宫里送的同时，会留下一部分，自己享用或者转赠他人。薛姨妈就让丫头香菱取出了一匣子十二枝宫制的纱堆的插花。然后交代，说这十二枝花，周姐姐你给我送一下，给每位小姐两枝，给林黛玉两枝，这就八枝了，剩下四枝，就给凤丫头吧。

送宫花这一回，有一种古本里面有回前诗，一共四句，非常有意思："十二花容色最新，不知谁是惜花人？相逢若问名何氏，家住江南姓本秦！"这不是脂砚斋批语，是回前诗，是正文的一部分。由于《红楼梦》是一部没有最后定稿的小说，所以它的回前诗是不全的，有的回已经写好了，有的回还缺。这一回的回前诗大意是说，这十二枝宫花是宫里面的最新式样，不知道谁是真正爱惜这些宫花的人。最后会有一个人和这宫花相逢、邂逅，这个人是谁呢？这个人家住江南本姓秦。说得非常清楚。关于"家住江南"，以后有机会我们再讨论，下面我们重点分析一下，姓秦的如何跟宫花喜相逢。

还来看第七回的有关描写。当时还没有大观园,姑娘们,包括李纨,都集中住在王夫人正房后面的抱厦里。周瑞家的就拿着宫花去了,先见到了迎春和探春,姐俩儿正在下棋,见到宫花以后很客气,收了,道谢,然后继续下棋。她们算是惜花人吗?也有读者跟我争论过,她们也算惜花人,她们没拒绝接受这花啊,她们怎么不惜花啊?好,就算她们也是惜花人,她们和这宫花不是相逢的关系,这是很明显的。

然后周瑞家的拿着剩下的花,又见到了惜春。惜春在干什么呢?惜春正和到府里面来的尼姑智能玩儿呢。智能的师傅其实是为了到贾府来支领月银,贾府按月给她们尼姑庵月例银子。师傅去办事,她没事,她跟惜春特别合得来,俩人一块儿玩儿。惜春见了这花是什么态度呢?应该说很不严肃。这是长辈送给你的花,而且这本来是往宫里面送的,来送给你了,但是惜春很不严肃。她说,哎呀,我将来要跟智能一样,也剃了头当尼姑,我还怎么戴这个花啊?

然后周瑞家的就去找林黛玉,要送花给林黛玉。但是在这之前,她先去了王熙凤那儿。这一回的回目,我记得叫作"送宫花贾琏戏熙凤"。贾琏跟王熙凤的夫妻生活写得很有趣,当然写得很含蓄,脂砚斋说那写法是"柳藏鹦鹉语方知"。他们白昼宣淫,大白天地行房事。所以周瑞家的去了以后,发现院子里鸦雀无声。她蹑手蹑脚走到旁边房子里,看见大姐儿在睡午觉,周瑞家的就说先等一等,接着她听见了贾琏的笑声,然后就看到平儿出来,让丰儿舀大盆的水进去,这是为行房事服务。就在这个情况下,她趁便就把宫花送给了王熙凤。要说王熙凤对宫花完全不爱惜,好像也确实过分,但是她也不是非常稀罕。本来薛姨妈是让她留下四枝,但她只留下两枝,让平儿对周瑞家的说,把这两枝给东府的蓉大奶奶送去。

后来周瑞家的就拿着剩下的两枝花去了林黛玉那儿。林黛玉小性子,就问,这个花是单给我的,还是别人也有啊?周瑞家的说都有。林黛玉一看就剩两枝了,说:"我就知道,别人不挑剩下的,也不给我！"周瑞家的一听就不敢作声了，因为林黛玉身份不得了，她是贾母最钟爱的外孙女儿，贾母把她留在身边；她跟那几个小姐不住在一块儿，而是和贾宝玉跟贾母共同住在贾母的院子里。这样算来算去的话，这个宫花谁是惜花人？显然前面讲到的这些女性即使勉强算惜花的话，也都不是非常爱惜，而且特别是"相逢若问名何氏"，这有姓林的，有姓贾的，有姓王的，但作者在回前诗里面交代得很明白，惜花人是姓秦的。姓秦的是谁？这两枝宫花最后送到了秦可卿手里，就是秦可卿。她和宫花是一种什么关系呢？是一种相逢的关系，说明原来她的家族经常使用这种东西，现在她和这宫花喜相逢了。这样的情节也是在暗示，秦可卿的真实出身高于贾府，她来自宫中。我想，回前诗的最后一句，应该没有办法做别的解释。

但是秦可卿忽然得了病，而且她自己说了，"任凭神仙也罢，治得病治不得命"，到了第十三回，她就一命呜呼了。临死前，秦可卿有一个很重要的行为，就是给王熙凤托梦，这是小说里面一个极重要的情节，也是引起脂砚斋高度重视，导致脂砚斋建议曹雪芹删去已经写好的第十三回当中的"四五叶"文字的关键。而且我认为，这也是导致曹雪芹在删去了第十三回的"四五叶"文字以后，又到第八回末尾打了一个补丁的起因。

秦可卿向王熙凤托梦这段情节，值得我们仔细研究。她这个托梦非同小可，内容很丰富。首先是理论指导，完全是居高临下。哪里是什么养生堂抱来的弃婴？哪里是宦囊羞涩，没见过大世面的小官吏家养大的女儿？她说："常言：'月满则亏，水满则溢'；又道是'登高必跌重'。如今我们家赫赫扬扬，已将百载，一日倘或乐极悲生，若应了那句'树倒猢狲散'的俗语，岂不虚称了一世的诗书旧族了！"她告诉王熙凤，我死以后，你们贾府应该怎么办。你说，她多厉害！

然后她就提供具体的实践方案。她都想好了，托付给王熙凤。她辈分比王熙凤低，但是口气极大。她提供的方案大意是说，你们现在还没有垮掉，赶紧在祖坟旁边多置一些地，族中人轮流来管理地租。地租用来干吗呢？一是把宗族的祠堂设在那儿，这样就可以世代香火不绝。另外，可以把家塾设在那儿，这样以后不管怎么样，家里的这些子弟还可以通过读书、科举谋求发展。她提出了这样一个具体的实践方案。如果不是有着丰富的政治经验，出身于一个非常高贵的家族的女性，是不可能想到这些的。如果是一个养生堂抱来的弃婴，如果从小在秦业家里长大，她哪儿来的社会政治经验？这就说明秦可卿的出身是高于贾府的。

她不但提供理论指导，提供实践方案，而且还能够预言祸福！这真是很符合警幻仙姑的妹妹这个身份。她知道贾家在她死后会发生什么事情。首先她预言了一件好事，她说："眼见不日又有一件非常喜事，真是烈火烹油、鲜花着锦之盛。"指的是什么？在第十六回，我们就知道了，就是贾元春晋封为皇妃。后来就有了"皇妃省亲"的故事。她预言，贾元春的地位会有所提升。

但是她也很坦率地向王熙凤预言了贾家的祸事。她最后说了两句话，真是惊心动魄："三春去后诸芳尽，各自须寻各自门。"大意就是说，在三个春天过去之后，所有的府里面的这些美好的事物，特别是这些女性就都会悲惨地陨落，贾府的人们就会"家亡人散各奔腾"，各人自己找出路去。这是一个惊心动魄的预言。如果秦可卿的出身非常寒微，不可能说出这些话来，所以只能解释为，她是一个出身高于贾府的人。

秦可卿死后丧事的一些细节更能够印证我的判断。比如说，她的棺木，用的是薛蟠家里存下来的木料。这个木料当时还没有做成棺木，乃是潢海铁网山上出产的一种樯木。这木料原来是谁订的？义忠亲王老千岁。"义忠亲王"这个符码倒还罢了，当然级别很高，他还是"老千岁"。什么叫"千岁"？我认为，千岁在这里就是指太子。

有人说千岁是一个很宽泛的称谓，在戏曲舞台上，比如梅兰芳演的《贵妃醉酒》，戏里面的高力士、裴力士就称杨贵妃千岁；在明朝，皇帝把每一个儿子都封为王，让他们到各自属地上去享福，他们都可以被称为千岁；后来擅权的大太监魏忠贤，更让人称他为九千岁，因此，千岁并不一定就是那个继承皇位的人。但是我们现在讨论的是《红楼梦》，我的立论前提是，《红楼梦》实际上写的是清代康、雍、乾三朝发生的事情。清朝跟明朝很不一样，清朝皇帝对其儿子的分封，从来都不是均等的。比如康熙分封诸皇子，那时候叫他们阿哥，就不是一律都封王，有的只封为贝子，有的只封为贝勒，有的，像十三阿哥胤祥，都成年了，比他岁数小的十四阿哥都封爵位了，他还没被册封，他是直到雍正皇帝即位，才被封为亲王的。明朝皇帝的儿子受封后，去封地居住为王；清朝皇子分封后，都留在京城里，极个别的让其住在城外，但也不是封到外省为王。在清朝的政治生活里，本来并没有"千岁"这样一种称呼，但是康熙一朝曾经册立过太子，因此，曹雪芹笔下的"义忠亲王老千岁"，就是暗喻康熙立的太子胤礽。很不幸的是，这个太子被两立两废，最终也没能当成皇帝。康熙死了以后，继承皇位的是他的第四个儿子，也就是雍正皇帝。

对这个人物，曹雪芹使用的语言非常精到，叫作"坏了事"。为什么这个人后来没把这棺木拿去做棺材呢?这个人后来"坏了事"。"坏了事"这个词语既含混又清晰。含混在哪里呢?如果不懂清朝政治的话,就会糊里糊涂地觉得,是不是死掉了?不是。为什么又说它很清晰呢?如果死了,就说死了,不就结了吗?但是它又很准确地传递出一个信息,他没说这个人死了,并不是他死了没用棺木。那个时代,人还在,也是可以先制成棺材,存放着备用的,但这位义忠亲王无论是死是活,都不能拿它做棺材了。为什么?因为他"坏了事"。他没用,别人也都不敢轻易取用。总而言之,樯木是这样的人物才能用的。所以当时薛蟠一说,家里还存有这样一个东西,贾珍立刻就要用,贾政还劝了一句。贾政在政治上比较清醒,觉得这个不好乱用,说恐非常人可享。但是贾珍一意孤行,很快就把樯木拿来了,然后就做棺材了。这样秦可卿死后,就理直气壮地,甚至可以说是名正言顺地睡进了本来是给义忠亲王老千岁留的珍贵木料——樯木制成的棺材里面。你说,秦可卿应该是什么样的出身?

我已举了那么多的例子，如果还是不能说服你的话，我们还可以往下讨论。比如说，她的丧事当中还有一些细节。她是宁国府的一个重孙媳妇，贾蓉连爵位都没有，只是一个黉门生，临时捐了一个头衔，这个头衔也很低，叫"龙禁尉"，就是皇宫里面的卫兵——当然这对平民来说，也是一个很不错的头衔了，但是和真正的贵族府第里面的那些头衔相比的话，微不足道。这么一个人死了，何至于惊动皇帝，惊动皇宫呢？书里面写得很怪，忽然就有大明宫掌宫内相戴权亲来上祭。大家知道，曹雪芹给一个人物取名字，往往都是随手谐音，有所寓意。很多红学家指出，戴权谐音就是"大权"。大明宫掌权的太监，原本已经履行过对秦可卿死去的礼仪了，但这一天，他还要乘了大轿，打伞鸣锣，亲来上祭。如果没有皇帝的旨意，他能来吗？而且还乘了大轿打伞鸣锣。打伞倒也罢了，一路鸣锣而来，这是什么气派？如果是贾敬死了他来，好像还不太稀奇；贾珍死了他来，也不算太稀奇，贾珍毕竟有爵位，是三品威烈将军。可现在甚至不是贾蓉死了,只是贾蓉的媳妇死了,不过是贾府的一个重孙媳妇。可是大明宫掌宫的大太监戴权要亲来上祭,这是怎么回事?如果不是因为秦可卿的出身特别高贵,是不可能如此的。

说到这儿,秦可卿的真实出身,或者说,这个人物的原型已经呼之欲出了,但是请保留一点耐心,事情也不是那么简单,我将进一步探究,秦可卿的真实出身是什么,她的原型究竟是谁。

帐殿夜警

在上一讲,我得出这样一个结论,就是秦可卿的出身不但未必寒微,甚至还高于贾府。贾府已经是国公级的贵族了,高于贾府,也就意味着她可能是皇族的成员,因此我们就应该到康熙、雍正、乾隆三朝的皇族里面去寻觅她的踪影,看有没有秦可卿这个角色的原型。

这三朝历时很久,皇族成员也很多,特别是康熙一朝。康熙一生生了三十五个皇子、二十个公主,光是他的子女就这么多;雍正也有十七个子女;乾隆的子女只比康熙稍微少一点。所以我们如果一个一个来说，太费时间，办法也很笨。那我们怎么办呢？我们也许可以从康熙四十七年的一个著名的历史事件说起，顺着那个往下摸一摸，看能不能有什么线索。

清朝是马上得天下，天下基本平定以后，要施行文治，但是武治、武备也不能松懈。尤其是康熙，非常重视保持满洲八旗的军事实力。他觉得满族的骑射传统不能丢，所以亲自带头，每年都要率领王子、王公大臣以及浩荡的队伍去打猎，通过打猎来进行军事训练。一场围猎就等于是一次军事行动，在这个过程当中，特别能够锻炼每个人的骑射能力。

那个时候，主要是在每年秋天打猎，所以有一个说法叫"木兰秋狝"。木兰是一个地名，一个围场，叫木兰围场。人们让那个地方的植被自然生长，里面有很多野兽自由活动。每年秋天，皇帝就会率领浩荡的队伍到那儿围猎。我们都很熟悉的承德避暑山庄，既是当年皇帝度夏避暑的地方，也是秋前秋后进退驻跸的场所。现在河北省北部还有个县就叫围场县,这个名称就是历史留下的痕迹。当然那时的行政区划跟现在不同,如果按现在的行政区划来说,当年康熙秋狝所到的地方,不仅包括现在河北承德以北的围场县一带,还会更远一些,到达现在内蒙古一带,以及现在属于辽宁的地域。据有的研究者考证,《红楼梦》里面提到的潢海铁网山,潢海其实就是辽海,位于今天辽宁铁岭地区,铁网山就是由铁岭演化出的一个符码。总之,康熙非常重视围猎活动,年年秋天要到那一带打猎。后来,由于愈加重视,康熙就提出来一年还要去围猎两次,有时候春天也去。远处一时去不了,就在京城附近,比如南海子,就是南苑的一些有水洼的湿地,甚至有时候就在紫禁城后的景山进行一些小型的打猎活动。康熙六十六岁的时候自己统计了一下,说用鸟枪弓矢,获虎一百三十五只,熊三十五只,豹二十五只,猞猁狲十只,麋鹿十四只,狼九十六只,野猪一百三十二只,一般鹿上百只,野兔之类那就不计其数了,可见他的武功非同小可。他也希望自己的皇子皇孙能继承这个本事,他带他们去围猎，就是有意对他们进行这方面的培养。

在木兰秋狝的过程中，有时候会跑到比较远的地方，在那个时代，不可能一天到达，途中就要宿营。宿营就要住帐篷，到了木兰围场更要住帐篷，皇上住的帐篷就叫帐殿。据史料记载，当时围猎的队伍最多达到一万五六千人，驻扎的时候也是很大的一个营盘，当中皇帝以及他最亲近的随从住的营区就叫皇城。皇帝住的帐篷在最当中，应该是黄色的，用皇帝特许的一种颜色制作的布匹做的一个大帐篷；外面就是保卫他的一些帐篷，从四面八方包围他，形成一个圆圈，叫网城，构成内营盘，叫内城。内营盘之外还有外城，外城营帐就更多了。整个营盘是内圆外方的形制，非常壮观。一路上，他们可能会宿营几次，到达围场就安营扎寨，那时的营盘一定更加宏伟，设施也更加完备。

康熙四十七年，康熙已经五十多岁了。那一年，他又带着太子、皇子，以及其他随行人员木兰秋狝。到达后，他当然住在最当中的帐篷里面，就是帐殿，但是没想到，接着就发生了夜警事件。怎么回事呢？那天晚上，康熙发现，有人在帐篷外面偷偷地窥视他的行动。这还得了？这让康熙大为恼火，直接引发了康熙朝的时局动荡。那么，究竟是谁，竟然如此大胆，去偷窥康熙的行动？他究竟是出于什么目的，胆敢这么做？

要把这件事弄清楚，还要再折回来，从头说起。

康熙登基的时候是一个少年天子，当时主要靠他的祖母孝庄太皇太后进行政治方面的指导，指点他怎么执政。在这个过程当中，在康熙十四年的时候——那个时候他早已完婚，生了孩子，而且也有了一定的统治经验——他就在孝庄太皇太后的指导下，做出了一个非常重大的决策，就是要从儿子当中选一个立为太子。

在康熙之前，努尔哈赤和皇太极虽然已经称帝了，但是他们当时还没有打进关内，还没有成为统一的中国的皇帝；真正成为统一的中国的皇帝的是顺治皇帝。孝庄太皇太后是一个很睿智的妇女，是一个大政治家，在当时的情况下，她有一个考虑：皇太极的皇后没有生下一个儿子，就是说他没有嫡子；到了顺治这一朝，皇后也没有生儿子，康熙本身也是庶出的。满族入关后，已更深地接受了汉族宗法思想的影响，认为嫡出和庶出区别是很大的，这个在《红楼梦》里面是有反映的。像探春和贾环就因为不是王夫人生的，不是嫡出而是庶出，就有无数的烦恼。特别是探春，那么一个"才自精明志自高"的女性，那么美丽的一个女性，那么有能力的一个女性，就因为自己不是嫡出的而深感痛苦。

康熙的正宫皇后赫舍里氏，第一胎生了一个男孩，虽然出生不久就夭折了，但是她又怀了第二胎，第二胎又是男孩，而且顺利生下来养大了，这就成为清朝统治阶层的一件大事。满族入主中原，要征服所有的中国人，中国人里面汉族占绝大部分，汉族的文化传统是最重视分清嫡庶的，所以，为了笼络、震慑全部的中国人，特别是汉族，这个时候来宣布，我们满族也很重视分清嫡庶，现在我们的皇帝有了嫡子，我们要把他立为太子，这样就使清朝皇权的合法性进一步得到巩固。所以这不是简单地立一个太子，它有非常重大的政治意义。

在孝庄太皇太后的指导下，康熙决定立皇后生的孩子为太子。这个太子虽然是老二，但是因为老大夭折了，也等于是老大，取名叫胤礽。胤礽被立为太子的时候多大呢？一岁半。但是当时康熙告示天下，举行了隆重的仪式来宣布这件事情。在这个仪式上，一个不到两岁的孩子，根本就没有办法完成各种仪式当中的项目，于是就由他的奶妈抱着，来完成各个大礼当中的环节。

康熙爱孩子，是一个慈爱的父亲，简单来说，他的所有皇子，他全爱；所有的女儿，他也全爱，是这么一个父爱无边的人，有许多例子可以证明这一点。对太子他当然就更爱了。爱到什么地步呢？爱到太子的待遇跟他一样，比如说皇帝应该用黄颜色，用一种特殊的黄颜色，他就让太子穿的服装、用的轿子都跟他用完全一样的颜色。后来他还给太子盖了一个很漂亮的宫殿，就是毓庆宫。据清朝史料记载，毓庆宫里面摆设的奢华程度甚至超过了康熙本人使用的。后来有一件事情，很滑稽，也令康熙很后悔。他觉得太子是他看着长大的，那么可爱，今后又是他的王位继承人，他的接班人，所以干脆让太子的奶妈的丈夫，让他的奶父当内务府总管得了。为什么呢？太子要用什么东西，应该问内务府要——内务府就是供应皇家各种用品的机构。这样一来，太子想要什么东西，跟他奶妈一说就行了，省得一层层禀报。康熙后来对此当然很后悔，但是他一开始就是这么做的。

在生活上，康熙对胤礽无微不至地宠爱，但是当然也没有放松对他的培养。文的方面，首先让他研习满文、蒙文和汉文。太子也很争气，最后满文、蒙文、汉文都特别好。对他来说最困难的是汉文。康熙朝的时候，宫里面是说满语的，所以满语不用教。满文是拼音文字，会说之后就比较容易会写。满文是借鉴蒙文创制的，满文学好了，蒙文自然也就很容易掌握。但是汉文需要从头学起。康熙就找来当时汉族的饱学之士，精心地教授他。胤礽很努力，也学得非常好，后面我还要举例子，成绩确实非常出色。

康熙特别重视保持满族的骑射传统，在对胤礽的培养上也不例外,从小就让他学打猎。我现在举的这些例子,都是正史上的记载。据记载,康熙带着胤礽打猎,那时候胤礽才五岁。木兰围场太远了,五岁的孩子可能去不了。那么在哪儿打呢?紫禁城后面的景山。当时的景山不像现在这样,还比较荒凉,也有一些放养的野生动物。据史书记载,胤礽连发五箭,就射中了五个野兽,一头鹿、四只兔。有人质疑,这可能吗?一个五岁的孩子,就是把动物牵到他眼前让他射,也未必能箭箭射中。但胤礽就是五箭都没有虚发。他就这样在康熙的精心培养下茁壮成长。

太子胤礽在父皇的精心培养下长大成人,一个父慈子孝、乐享天伦的故事在红墙黄瓦的皇宫里演绎着,而太子最终继承父业、登基大宝,似乎也是指日可待的事。康熙曾在亲自率军出征平叛的时候让胤礽在紫禁城代理政务。他曾这样夸赞胤礽,说他"办理政务,如泰山之固"。然而,事情却远没有我们想象得那样简单。随着时间的推移,父子二人之间出现了裂痕。

谁也没有想到，康熙和太子胤礽之间出现了皇权和皇储之间的矛盾。这其实很好理解：太子十二岁的时候，觉得我今后会当皇帝，他很高兴；二十二岁，他觉得我已经可以当皇帝了，但是我父亲还很健康，我得好好伺候，我等吧；三十二岁，我的父亲还很健康，我哪天才能当上皇帝啊？随着胤礽产生这种心理，接连发生了很多事情。

一开始，这种事情跟康熙无关，比如说太子的脾气变得非常暴躁。他的老师都是大儒，都是饱学之士，年纪当然也很大——教他的时候就已经四五十岁了，现在都七八十了。他经常辱骂他们，不管他们多大岁数，也不管他们有多高的学问。他还鞭笞权臣，地位很高的大臣。这些大臣位高权重，就连康熙都善待他们，有时候发火，也仅止于批评一下，绝对不会当众羞辱或者鞭笞他们。康熙都没做过的事，太子却做了。他一发落那些大臣，底下人当然是你怎么指挥怎么来，因为你就是今后的皇帝啊。康熙就很不愉快，觉得胤礽怎么可以这样做呢？但他还是忍了，因为这是自己的儿子，是他立为太子的嫡子，今后也要当皇帝。可是后来，逐渐地，他对太子的不满就不是因为这些事情了。

有一次，康熙出征的时候身体不适，当然不但是太子，其他的皇子——那时康熙的儿子已越来越多了——都要去问候。结果他就发现太子不但没有一点忧戚、伤心、着急的样子，反而面有高兴之色。当然这个事情比较复杂，这种记载有不真实的一面。因为大家知道，康熙后来的政权没有交给胤礽，后来的皇帝是雍正。雍正当权以后就会整理、修改各种档案。朝鲜也有史官，也有历史记录，例如《李朝实录》,《李朝实录》的记载不是这样的，但是也很可怕。《李朝实录》说那次太子去了，对康熙没有什么特别不好的表现，但是跟随太子的那些人，按捺不住内心的高兴，闹得很不堪，被汇报给康熙了。但是不管怎么样，康熙就开始警觉了——是不是想抢班夺权了？尽管如此，康熙还是忍下去了。因为培养这么多年了，三十多年的培养，不能付诸东流啊，而且太子也确实是有优点的。所以康熙还是采取了隐忍的态度。可是到了康熙四十七年,就是我现在要讲的帐殿夜警事件的时候,康熙忍无可忍了。

这事有好几个导火线。第一个导火线:当时康熙带着大队去木兰秋狝,途中就扎下营盘了。他带了很多皇子去,当时十八阿哥已经七八岁了,路上病倒了,发高烧,得的应该是腮腺炎。根据清朝史书上的记载,我们今天可以做出这个判断。当然,当时没有"腮腺炎"这个词,但是可以根据他的症状做出判断,无非就是腮腺炎,并不是什么了不得的病。但是在清朝,对这个病没有什么好办法。十八阿哥高烧不退,康熙很着急,恨不得二十四小时把他搂在怀里,太医看病的时候都是搂在怀里这么看的。康熙特别爱十八阿哥,于是让太子随后从北京城赶到扎营的地方。据史书记载,太子对十八阿哥的病情十分冷淡,这个在《李朝实录》里面没有相反的记载,可能就是事实。作为太子,他觉得每一个兄弟都是潜在的威胁,都可能来夺这个太子的位子。一看父皇这么喜欢十八阿哥,他心里很不高兴,就表现得很冷淡。康熙看到他这样,痛心疾首，虽然当时没说什么，但是后来说，他对他的亲弟弟一点感情都没有。封建社会是最重"孝悌"的，"孝"是指对待父母，"悌"就是指对待兄弟，当时的人认为这两个态度是做人的最根本的立足点，你毫无孝悌之心，这样的人怎么能够继承皇位呢？虽然康熙当时还是忍了，不过已经是一触即发了。结果，紧跟着就发生了康熙万万不能再容忍的事情，就是帐殿夜警。

可能是康熙自己先有一些感觉，觉得晚上有点不对头，然后就得到密报，说父王您知道晚上有这么个情况吗？有人从您的帐殿外面窥伺。这个偷看您的人，不是别人，就是太子啊！这个时候，康熙就一下子，猛地感觉到他和太子之间的矛盾已经发展到了顶点。这还得了？还用细琢磨吗？那不很简单吗？就是看我怎么样，身体怎么样，嫌我活得太久了，看我什么时候死啊！于是大怒。这就是帐殿夜警事件。

然后，康熙就在有一天当众大怒，通知所有的人，集合在一起，首先就把太子捆起来，不是用绳子，而是用铁链。然后他一赌气，又把其他阿哥们全捆了起来，当着朝臣——当时有一个情况，他自己事先没有考虑周到，现场还有传教士，他也没来得及让外国传教士回避，所以当时的场景即便清朝自己的史料记载不完整，还有几位传教士后来写回忆录给写上了——痛数太子的罪恶，说你太不像话了。他很痛心，痛心到什么地步呢？"仆地"。已经五十多岁了——那时候五十多岁是很大的年纪了——他痛苦地扑倒在地上，场面很不堪。一个英武一世的帝王，平时是非常威严的一个人，突然失态。在他痛斥太子的话里面有这样一段，特别重要，他说："更有异者，伊每夜逼近布城裂缝向内窥视……令朕未卜今日被鸩，明日遇害，昼夜戒慎不宁，似此之人，岂可付以祖宗弘业！"其中最关键的一句就是"逼近布城裂缝向内窥视"。"伊"就是"他"，就是说的胤礽。更奇怪的是，他每天晚上"逼近布城裂缝向内窥视"。

大家知道过去中国的文字是没有标点符号的，要把一篇文章读通需要断句。断句是个学问。像这一句,"每夜逼近布城裂缝向内窥视",就有两种断句的方法:一种是"每夜逼近布城,裂缝向内窥视"。就是太子走到康熙住的帐篷外,"裂缝向内窥视"。这个"裂"是动词,就是拿出匕首,划一个缝。还有另外一种断句方式,就是"逼近布城裂缝,向内窥视",这就柔和得多了。皇帝住的帐篷也是布做的,而且圆形的帐篷是很多的布幅叠合在一起构成的,就像咱们拉窗帘,两片窗帘之间是互相被遮盖住的,那么"逼近布城裂缝",这个布城本身就有裂缝,他就可以用手把它扒开,这个"裂缝"是名词。这就稍微柔和一点。现在我们不知道康熙当时气成那个样子,他是怎么来断这个句的。估计是刚才说的第一种。所以他说他很担心,他说"令朕未卜今日被鸩,明日遇害"。就是说既然可以拿匕首把帐篷划开窥伺,那么也可能某一天给我敬一杯酒,给我冲一杯茶,可能里面就下了毒啊。这我还能睡踏实吗?不但不能睡踏实了,吃喝都不能踏实了。所以康熙气得要死,他就说,根本就不行,这样的人不能够把祖宗的家业传给他,于是就宣布把胤礽给废掉了。这就是有名的康熙四十七年的帐殿夜警事件，太子就被废掉了。

太子被废掉以后，又出现很多故事。讲到这儿，有人会皱眉头，会说，哎，你不是在讲秦可卿吗？这不是离题十万八千里了吗？别着急，要把秦可卿的原型搞清楚，还就得听我一段一段往下说，就得有"几度柳暗"，"几度花明"，最后才能到达"又一村"。而且我们不光是要探索秦可卿的原型，还要了解曹雪芹写这部书的整个背景，他家族的背景，他家族的荣辱兴衰，和康熙、雍正、乾隆三朝的政治风波有什么关系，这是咱们需要了解的。另外，我们也需要了解曹雪芹写《红楼梦》的时候是一个什么样的人文环境，一个什么样的时代背景。

刚才说到太子被废了，但故事还没有结束。第二天，康熙就开始后悔。因为太子被废的时候已经三十四五岁了。他从一岁半开始培养他，倾注了多少心血？他开始心神不宁，就宣布不到猎场去了，立即回京。回来的路上他觉得有怪风在他的轿子前面，又觉得有怪风在轿子里的御座前盘旋，他觉得这是"天象示警"，心里很不踏实。回到紫禁城后，他晚上做梦，梦见了两个女人，在他一生当中非常重要的两个女人，一个是孝庄太皇太后，他的祖母，立胤礽为太子是她给康熙拿的主意。他梦见祖母远远地坐着，面露不悦之色。祖母一向对他非常慈爱，一向是笑脸相迎，怎么会突然不高兴。然后就梦见了他的皇后。康熙跟他的皇后赫舍里氏感情非常深厚，有很多的记载，我就不列举了。而且皇后生下胤礽以后就死了。因为她第一个儿子夭折了，所以怀第二个的时候就很紧张。再加上那个时候清朝面临着三藩叛乱，康熙采取巩固后方、政治分化等措施，历经八年，才最终平息了叛乱，维护了清王朝的统治。皇后赫舍里氏生胤礽，恰在这个关键时期。临产的时候，她觉得自己的任务非常重大——如果生下的是一个儿子，而且这个儿子可以养大，就意味着清朝的政权可以更有力地往下延续，因此她非常紧张。非常悲惨的是，她生了胤礽以后，孩子活了，她却死掉了，康熙对此非常悲痛。结果这天晚上做梦，她出现了，而且也很不高兴。她当然更应该不高兴了，因为胤礽是她以生命为代价生下的儿子。所以康熙就觉得，这件事，我是不是一气之下做得太鲁莽了？

正在这个时候，又出现了一个新的情况，非常富有戏剧性。又有阿哥来跟他说，说您知道为什么二阿哥好像疯了一样，辱骂老师，鞭挞大臣，而且经常疯疯癫癫的？他是被人魇了。《红楼梦》第二十五回，"魇魔法姊弟逢五鬼"，王熙凤和贾宝玉就被赵姨娘魇了。赵姨娘自己没有这个能力，要通过马道婆去魇。过去魇人的办法就是用纸、木头、布做成人形，往其心窝、眼窝子等人的身体要害部位扎针，被魇的那个人就会有反应，就会不正常。康熙得到这个报告以后，忧喜参半。忧的是什么呢？我立了老二做太子，居然有他的兄弟来魇他，这还得了！喜的是什么呢？可见我这个儿子是被冤枉了，他被人魇了啊！胤礽被押回紫禁城以后，没让他回毓庆宫，而是安排在了上驷院。上驷院就是宫里面养马的地方。在那里搭了帐篷，把他圈了起来。康熙就说，那我得找他谈谈，就把胤礽叫来谈话。忽然发现胤礽神志开始清醒了，因为这个时候康熙已经派人去查魇胤礽的根源了。查到的根源是谁呢？就是康熙的大儿子，叫胤禔。大儿子不是应该封为太子吗？为什么康熙不封他呢？因为他不是嫡出，不是皇后生的，是庶出。他不服气，他当然不服气了——我是老大啊！后来康熙查抄老大住处的时候，在花园里面挖出来一些木偶，就是魇人的木偶，是蒙古喇嘛帮他弄来魇人的东西，这就证据确凿了。康熙大怒，说原来是老大把老二给魇了，就立刻把老大给拘禁起来了。老大至死一直被拘禁，也很悲惨。老大魇老二的事被证实之后，康熙再找老二谈话，就觉得老二果然神志变得清明，就正常了。康熙说你看这不就证明他是被魇了吗？把魇物一去除，他不就好了吗？康熙就开始琢磨，恐怕老二是冤枉的，好容易把他立为太子了，我不能随便把他废掉。就在半年之后，第二年，康熙四十八年，康熙宣布复立胤礽为太子。

　　宫里面的这样一些变故，这样一些情况，不仅影响到皇族本身，也影响到整个朝野，特别是会影响到官僚集团，影响到上上下下各级官员，也包括曹家。下面我们会讲到当时统治集团的皇位之争如何反映到了《红楼梦》里，这对我们探究秦可卿的真实的原型更为关键。

曹家浮沉

康熙四十七年的帐殿夜警事件影响非常深远，曹家也在这影响的波及之列。大家知道，曹家跟康熙、跟太子的关系太密切了，而且他们也无法把康熙和太子的关系择开。康熙在那么多年里面都这么信任太子，都培养他，大家已经习惯了，往往是康熙主持朝政的时候，太子就坐在他旁边，康熙问话，太子也问话，康熙发指示，太子表示同意，甚至还补充点什么；当然最后拍板的是康熙，但太子你能不尊重、不服从吗？如果康熙和太子没有在一起，那么往往是官员见了康熙以后，还要再去见太子，起码要去请安。当时所有官员都认为这两个人是不可分割的。曹雪芹祖上，直到他父亲一辈，就是这么对待康熙和太子的。

康熙几次南巡，都带着太子一块儿，到了江宁以后，就住在曹寅他们家。曹寅就是曹雪芹的祖父，是康熙的发小。曹寅的母亲是康熙的保母之一，而且是保母当中最重要的一个，她姓孙，孙氏。康熙出生以后，他的父亲顺治皇帝根本就不在意他。顺治皇帝当时忙什么呢？忙着跟董鄂妃谈恋爱呢。他就盼着董鄂妃给他生儿子。董鄂妃后来真给他生了一个，他当时就当着群臣说，这个是我的第一个儿子。如果这个儿子一天天长大的话，皇位就传不到康熙那儿，就一定会传给这个儿子。可是后来这个儿子夭折了。即使这样，顺治在他得病、身体不行的时候，还曾经想把皇位传给他的一个兄弟，都没想传给康熙。这个时候，顺治的母亲孝庄太后起了重要作用，她经过一番斡旋，最终落实了由康熙继承顺治的皇位。

康熙也没有母爱。这倒不是因为他母亲不爱

他，而是因为清朝有一个规矩，就是皇后也好，其他的妃嫔也好，生了孩子以后，一律是把孩子搁在另外的地方，甚至是紫禁城外去养。一年里面，只有逢年过节或一些大典的时候孩子才能跟母亲见面。他们平常是在保母跟前长大的。孙氏就是康熙的保母。

当时最可怕的流行病就是天花，也就是出痘，一出现疫情就会死很多人，特别是婴幼儿，死得特别多。皇宫里也不例外，很多皇子、公主都是得天花死的，顺治皇帝以及后来的同治皇帝，据说也都是得天花死的。《红楼梦》里面对这个情况也有反映。巧姐出痘，你看王熙凤跟贾琏多着急啊！当然贾琏是假着急，后来他利用那个机会干别的去了，咱们不多说了，凤姐是真着急。康熙有一个优势，就是他很早就得了痘疹，而且康复了。天花这种病属于你得了没死，就一辈子不会再得的那种，就是你获得终身免疫力了。所以康熙就成为顺治所有的儿子里面生命最有保障的。这也是后来孝庄太皇太后做主，让康熙成为皇帝的一张王牌。据说康熙脸上是有麻坑的，因为痘退了以后会留下疤痕，不是很多，浅麻子。康熙后来被安排在紫禁城外，就是现在的西华门外北长街福佑寺长大的。每天与他朝夕相处的是他的保母。有人说那就是喂奶的奶妈是吧？不是。奶妈是喂奶的时候才来，这个保母的"母"没有"女"字边，不是现在的劳务公司、家政服务公司介绍的那个保姆，是"母亲"的"母"，意思就是替代母亲的女性。负责什么呢？负责全面培养他，用今天的话说就是进行素质教育，从小教你要站如松、坐如钟、卧如弓，你见人应该怎么样行礼、请安，你社交活动当中要怎么样坐有坐相、站有站相，你怎么和人对话的时候和蔼可亲、言辞得当，怎么懂得善良，懂得爱惜东西……是负责全面培养他这个人的。所以康熙打小就跟孙氏关系非常好。

康熙和曹寅的关系太不平常了。为什么说他们是发小呢？大家知道一个人读书太寂寞了，所以就有所谓"陪太子读书"的话；康熙那个时候当然没有被立为太子，那就是陪皇子读书。谁来陪呢？往往就从保母的儿子里面选合适的少年。当时曹寅就被选来陪着康熙一块儿读书，是一个陪读。康熙当了皇帝以后，曹寅就成为他近身的侍卫，禁卫军当中的小头目。那当然太可靠了，一块儿玩儿大的，没有更合适的人了。而且后来康熙除掉鳌拜，这些近身的侍卫也起了很大作用。鳌拜是一个擅权的权臣，康熙想了各种办法都没法除掉他。最后康熙想了一个办法，就是他身边的一些侍卫包括曹寅都会摔跤，鳌拜进来见皇帝的时候，康熙是少年天子，就好像闹着玩儿似的，"把他给抓起来"。鳌拜就没怎么太反抗，因为抓他的都是些小孩儿，他觉得拉拉扯扯的好玩，没想到真给抓起来了。鳌拜身边也没有别的人，没人来救他，就这么把鳌拜给除掉了。

因此，康熙后来带着太子南巡的时候，几次都住在曹寅家。江宁那边很多官员按官阶、按地位都比曹寅重要，更何况皇帝不应该住在任何官员的官邸，应该住在行宫。但康熙就住在曹寅家。据正式的史料记载，孙氏当时还活着。当然，皇帝来了，孙氏就要过去谒见；见了皇帝，就要跪下。康熙立刻把她搀起来，不让她跪，而且"见之色喜"，还跟周围的大臣说，"此吾家老人也"。按说不应该这么说，你再喜欢她，她只是一个保母而已，一个高级奴才罢了，但是康熙对她的感情太深了，他说这是我们家的老人啊！而且他当时兴致非常高，正好萱草开花——萱花，萱草在中国是象征孝顺母亲的，所以他就写了一个大匾，叫"萱瑞堂"——这里面凝结着曹家和康熙关系里最甜蜜的东西。

那么曹家和太子的关系怎么样呢？也非常好。不过太子跟曹家的关系，说起来就没有这么多温馨的色彩了，就比较粗鄙。太子后来是一个很不像样的人，到处掠取财物，多少钱他也不够用，多少银子在他手里也像流水一样花掉。他经常让他的奶公到曹家去取银子，一开口就是两万两。曹家就立刻想办法给他两万。过几天又来了，又要两万。就在太子被废之前的短短几年里，太子的奶公凌普，光是这一个人，就从曹家和李家——就是曹寅的妻子的娘家，她娘家哥哥叫李煦，当时一直当着苏州织造,是另外一个康熙宠信的人——取了八万五六千两银子。这是多大一个数目!他们经济关系的背后,也就反映出他们的权力关系。所以曹家当然希望胤礽能够顺利接班。

这跟《红楼梦》有什么关系呢?曹家和康熙、和太子胤礽的这种亲密关系,被写进了《红楼梦》里,而且不止一处,现在我仅举一处,就是第三回。第三回写林黛玉进府,到了荣国府中轴线上那个大宅院的正堂,看到了一个金匾、一副银联。请注意,一个是金的,一个比它低一等,但是也不得了,是银的。

金匾上面写的是什么呢?是皇帝的御笔,三个大字——"荣禧堂"。这"荣禧堂"匾的原型就是后来一直挂在江宁织造府的"萱瑞堂"匾。从字面的含义上都可以看出它们的关系——"萱瑞"跟"荣禧"都有一种吉祥的、预示着这个家族会越来越繁荣的含义在里面。所以,曹雪芹实际上是把他祖父家里面的金匾通过艺术升华,变成了林黛玉到荣国府看见的这个金匾了。这倒还罢了,这个金匾是赤金九龙青地大匾,盖着皇帝的戳子。

写完金匾,曹雪芹又写林黛玉看见一副银联。曹雪芹用笔非常仔细,他不是马上接着写银联,而是隔了一些文字再写银联。这个银联是乌木联牌,镶着錾银的字迹。就是把乌木上抠一些槽,然后把银子压进去。这个对联写的是"座上珠玑昭日月,堂前黼黻焕烟霞"。胤礽做太子的时候,有一副对联备受康熙赞扬,于是他到处把它写出来送人。他在江宁南巡的时候把它送给别的官员,都被记载在案,史书上只是没有具体记载他也写了送给曹寅。他没事就写自己这个"名对",这是他很小的时候就对出的一个好对子:"楼中饮兴因明月,江上诗情为晚霞。"把这两副对子对比一下,结构相同:"座上"与"楼中","堂前"和"江上"都是呼应的;对联最后一个字呢,干脆就一样,上联都是"月",下联都是"霞"。把林黛玉在荣国府看到的那副银联,和真实生活当中胤礽做太子的时候写的对联加以对比,就会发现这两副对联之间有一个从生活真实升华到艺术真实的过程。

胤礽这副对联的事儿，最早记载在康熙朝一个大官王士祯所写的一本书《居易录》里面。我看到起码有两本清史专家的著作里，都引用了王士祯《居易录》里的记载，说明这记载是可信的。但是最近有热心的红迷朋友告诉我，"楼中饮兴因明月，江上诗情为晚霞"是两句唐诗，是唐朝刘禹锡的一首题为《送蕲州李郎中赴任》的诗里的，经查，这确实是刘禹锡老早写下的诗句。那么，王士祯的所谓"太子名对"的记载该怎么看待呢？王士祯行文比较简约，我想，他所说的情况，可能是当年太子还小，他的老师说了刘禹锡诗里的前半句，作为上联，让他对个下联，他当时并没有读过刘禹锡的这首诗，却敏捷地对出了下联，与刘禹锡的诗句不谋而合——这当然也就足以受到老师夸奖，康熙知道后当然也就非常高兴，一时传为了美谈。当时太子不但学对对子，也学书法，他一再地写这两句，因为书法好，经常写出来赏赐臣属，说这两句是他的"名对"，也就不难理解了。

书上写这副银对联，落款是"同乡世教弟勋袭东安郡王穆莳拜手书",这些字眼里,其实也都埋伏着意思,都是在暗示太子。真实生活里,曹寅跟康熙是一辈的,他转化到小说里,就是贾代善;曹颙和曹頫跟太子是一辈的,他们转化到小说里,就是贾政这一辈。因此,写对联的人就称自己跟贾政是同辈的。他们祖上虽然是主奴关系,但是起初都在关外生活,又一起打进关内,因此谦称是"同乡世教弟"。这位"世教弟"勋袭东安郡王是谁?《红楼梦》里后来写贾府为秦可卿大办丧事,来了四家王爷参与祭奠,他们是东平郡王、南安郡王、西宁郡王和北静郡王,并没有东安郡王,可见曹雪芹在对联落款上写出"东安郡王",是别有用意,是在影射"东宫"写对联的时候还安好,但是到后来可能就"坏了事"。曹雪芹给这个东安郡王取的名字也挺古怪的,叫穆莳。这其实也是有用意的。穆,古语里通"默";莳,是将植物移栽的意思。胤礽一生两立两废,两次从毓庆宫移往咸安宫被圈禁起来,这么一想,曹雪芹用这些字眼来写,确实都是在影射废太子胤礽,否则,哪有这么多的巧合?

我们从帐殿夜警往下捋,果然发现康熙和太子跟曹雪芹的祖、父两辈关系是非常密切的,他写《红楼梦》的时候,就把他从祖、父那儿得到的一些信息,很巧妙地写进了自己的书稿里面。我想这个结论应该是成立的。下面还会讲到,太子后来第二次又被废了。虽然第一次被废半年后就复位了,但是三年后,他再次被废掉了。而且康熙第二次废太子之后,就不再立太子,也就是说从公开地指定太子,建立皇权的储位,变为了用秘密建储的方式来完成权力过渡。就是我看重某一个阿哥,重点培养他,但是不露声色,也不告诉他,你就是太子了,因为这样他就容易骄横,容易产生其他不好的心思。我信任他,但是又控制他。后来,多数人都认为他看好的是十四阿哥。康熙信任十四阿哥的最突出的表现,就是让他当抚远大将军,去西征,给他以重兵,由他指挥。这个十四阿哥也很争气,收复了西藏,消灭了很多叛变的部族,使得清朝的政权更加巩固。康熙晚年非常喜欢十四阿哥,看起来也确实想把皇位移交给这个儿子。可是他又病了，他没觉得自己这次可能到了生命的终点了，他觉得自己还能好，所以就没有及时地把他所看重的十四阿哥从西北调回北京。当然如果真是下令调回的话，那也是一个很漫长的过程，就是二十四小时地不断换马，也要很长时间才能回到京城。他没来得及把他心爱的十四阿哥叫回来，就忽然不行了，生命垂危了。其他的阿哥都不知道确切消息，只知道父皇病了，究竟病得怎么样，是不是很重，不清楚。但是有一个阿哥知晓康熙的病情，就是四阿哥胤禛，也就是十四阿哥的同父同母的哥哥。

太子二废之后，好几个阿哥都想谋求太子的地位，比如说八阿哥胤禩就曾经动过心，想成为太子。康熙对此是高度警惕的，曾经痛斥八阿哥，没让他得逞。但有的阿哥还是蠢蠢欲动，或者联合起来，或者共同拥戴一个，都希望通过皇权继承谋取好处。四阿哥平常很谦和，给人造成错觉，仿佛他从来不管这些事；再说他年纪也大了，他是老四，康熙晚年，他已经四十多岁了；他很早就在王府里面养喇嘛，搞佛堂，这样就使大家放松了对他的警惕。现在北京有一处极有名的名胜，叫雍和宫，就是由他的王府改造而成的。万没想到，在康熙弥留的时候，掌握康熙病情真相的唯一皇子就是这个四阿哥。他何以能够掌握康熙的情况呢？他把当时的步兵统领隆科多给笼络住了。这个人很重要，就等于是禁卫军的头目，因此他就掌握了康熙的情况。当时康熙不是在紫禁城里面，而是在西郊的圆明园。隆科多就等于把康熙控制了起来。据说隆科多当时也有考虑，在这个情况下，应该投靠哪一个阿哥呢？投靠哪一个对我最有利呢？十四阿哥？十四阿哥远在西北，再说隆科多原来跟他的关系也不好。其他的阿哥里，想来想去，跟他关系最密切的就是四阿哥，所以他就把康熙的病情告诉了四阿哥。因此据史书记载——这个记载是进行过一番修改的，即便这样也仍然留下了痕迹——四阿哥一天之内好几次进入圆明园，而且能够直接到康熙的病榻前，所谓探视，比之前的帐殿夜警不是更可怕吗？康熙死后，有两个权臣，一个是隆科多，还有一个是年羹尧，他们两个宣布康熙临死的时候留下的遗嘱就是四阿哥特别好，特别像我，应该把皇位传给他。这样雍正就登上宝座了。

据说雍正登基的时候，还表现出一副非常不情愿的样子，甚至还苦苦哀求，说别让我当这个皇帝了，似乎他确实没有权力欲望。但是一旦坐定了宝座，龙袍一旦穿到了身上，那就不客气了。他做的第一件事就是大封官爵，把兄弟们和一些功臣全都予以加封，没有贬任何一个人。同时通知他的弟弟十四阿哥，让他火速赶回北京，因为父王去世了，我即位了，你要赶快回京。当时出现这样一个事态，对曹家的打击是非常大的。因为当时，曹家和许多阿哥关系都比较密切；当然和太子那一支是最密切的，其他的比如八阿哥、九阿哥也都很密切，和十四阿哥也非常要好，但是偏偏和四阿哥关系比较疏远。因此康熙死后，曹家就面临灭顶之灾。

当然，当时曹家无非是一个江宁织造，雍正要对付的政敌太多了，一时还轮不到他们。他要对付哪些人呢？首先就是不服气的兄弟们。最不服气的就是跟他同母的十四阿哥。据说十四阿哥回到京城以后，根本不给他下跪，很桀骜不驯。十四阿哥不服，他们两个的母亲也喜欢小儿子，并不喜欢雍正。雍正当了皇帝以后，马上就要给他的母亲移宫。她原来无非是康熙的一个侧室，现在要把她尊为皇太后，就要移到皇太后住的宫殿里去。他的母亲坚决不移，等于也是对雍正不满意，向着这个弟弟。再加上八阿哥、九阿哥结成联盟，共同对付他，使得形势更加复杂了。这两个人使尽了招数，要颠覆他的皇位。后来雍正就把他俩圈禁起来治罪，革掉了他们的爵位，甚至把他们革出了皇族，再后来就宣布他们简直不是人了，给他们两个各取了一个怪名字，一个叫阿其那，一个叫塞思黑。民间很多传说，说八阿哥被叫作"阿其那"，就是狗的意思；九阿哥被叫作"塞思黑"，就是猪的意思。根据清史专家的研究，在满文里面，"阿其那"并不是狗的意思，"塞思黑"也不是猪的意思。经过一些专家的严密考证，认为"阿其那"其实是八阿哥失败以后给自己取的一个名字，意思是"俎上冻鱼"，俎就是案板，案板上面已经冻坏的鱼，是任人宰割的意思,是一个失败者给自己取的很无可奈何的名字。"塞思黑"呢?据专家考证,是"讨厌"的意思,在满语里面是讨人厌的意思。不管是什么意思,这两个人都被治得非常惨,后来他们相继吃了东西以后立刻呕吐,很快就死掉了,据说是被雍正毒死的。这个传说应该是可信的,否则怎么会两个人都死得那么巧,而且死法是一样的?此外,雍正还要对付另外几个兄弟,就不细说了。

他还要对付隆科多和年羹尧。不是这两个人帮他登上皇位的吗?是的,这两个人的问题就在这里,他们知道得太多了。有时候在皇帝面前,什么都不知道是死罪;有时候知道太多也是死罪。这两个人就是知道得太多了,所以他必须把这两个人除掉。后来这两个人果然都被治了罪。

雍正登基以后要对付的人很多,一时间顾及不到那些更小的官员,但他还是及时把李煦给惩处了——在雍正眼里,李煦特别讨厌。前面讲到过,李煦是曹寅的姻亲,是他妻子的哥哥。当然那个时候曹寅已经去世了,曹家是曹頫在担任江宁织造。

李煦被治罪以后,在雍正三年的时候,雍正就把曹頫交给了怡亲王看管。这个怡亲王就是十三阿哥胤祥。雍正当皇帝以后,别的兄弟为了避他的讳,名字里的"胤"字一律改成了"允"字,所以下面说十三阿哥的时候,就叫他允祥。允祥原来是所有阿哥当中最不得志的一个。康熙等儿子们长大了,就纷纷给他们封爵,分别把他们封为亲王、郡王、贝勒、贝子等等。两次封爵,第一次允祥年纪还小,没封上,倒还好解释;第二次,允祥的弟弟都封上了,允祥还是没封。康熙死前,唯一没被封爵位的成年儿子就是允祥。为什么会这样?经过一些分析,我们可以得出这样的猜测:帐殿夜警是有人告密的。谁告的密呢?实际上是两个人:一个是大阿哥,但是大阿哥魇太子的事败露了,被圈禁了;另一个很可能就是允祥。但是这个事康熙不好对别人说,而且他也希望从允祥那里得到情报,不能说他做错了什么,但是告密这种行为,特别是告兄长的密,又让康熙觉得并不值得褒奖。况且后来康熙又发现太子是被魇了,是冤枉的,所以就更不喜欢十三阿哥了。康熙的表达方式之一，就是始终不封他爵位，他就成了一个很尴尬的人物。可是雍正一当权，立即封允祥为怡亲王，最高的爵位，而且对他非常信任。所以在雍正三年的时候，雍正腾出手来惩罚曹家，惩罚曹頫，就先把他交给了怡亲王。他跟曹頫说，你别乱找门路了，你有什么事，就跟怡亲王说，怡亲王他疼爱你，所有事他都能帮你解决。雍正当然不是当面说的，而是在曹頫的奏折上加的一些批语，大概就是这么个意思。这就对曹家很不利了，因为在康熙朝最不受宠的阿哥现在成了亲王，曹家的命运掌握在他手里面，这不是什么好事。据说，怡亲王这个人还不是特别凶恶，所以对曹家，他也没有添油加醋地帮着雍正立即加以毁灭性打击。

直到雍正五年，雍正才彻底腾出手，这时他把其他政敌都处理得差不多了，开始处理他不喜欢的官员。他有一个基本原则，凡是当年他父亲喜欢的，他都不喜欢；凡是他父亲不喜欢的，他就偏要喜欢。雍正在这样一个原则下，整治了一大批康熙朝受宠的官员,其中就包括曹頫。雍正五年,曹家被抄。曹頫的一项罪名,是他的家仆骚扰驿站。应该是真有这样的事,但是如果康熙还活着,这根本就算不上多大的事。那时候曹家有康熙护着,谁敢为这样的事情告曹家?曹寅死前,康熙听说他得的是疟疾,立刻让驿站马不停蹄地给他送特效药金鸡纳霜,可惜曹寅没等药送到就咽气了。那时候康熙自己事情正多,而且非常烦,曹寅死的那一年,也就是康熙对胤礽彻底失望的时候,那一年里他二废太子。但就是在这样的情势下,康熙依然顾念着曹家。曹寅死了,他让曹寅的儿子曹颙接任江宁织造;没多久曹颙又死了,他又亲自过问,为已经绝后的曹寅过继了侄子曹頫,还让他当江宁织造。康熙六次南巡,四次住在江宁织造府里。他深知曹家的任上亏空,其实都是因为接驾造成的。但是康熙死后,雍正查亏空,就查出曹頫的大亏空,他装傻,曹頫也无从辩白,不能说这亏空其实是您父皇南巡的时候接驾造成的。雍正六年,曹頫被逮京问罪,枷号了,虽然在北京也拨了一个有十三间半房的小院子给他们家住——这个院子应该在崇文门外,一个叫蒜市口的地方。"枷号"就是每天戴上大的木枷,有时候甚至还有铁包的边,或者是铁木结合的东西,戴着在街上站着;还不能不出声,要不断地喊,我有罪,我有罪;你有什么罪,得跟过路人说清楚——就是当街示众。曹𫖯是这样一种很悲惨的境遇。

《红楼梦》里面很少写到雍正朝曹家的情况,即便是从生活的原生态上升为艺术的情景也都比较少。曹雪芹好像不太愿意写这一段,他重点写的是乾隆朝发生的故事,那一朝上层的政治权力斗争就更多地折射到了《红楼梦》里。

日月双悬

《红楼梦》第四十回,有半回叫"金鸳鸯三宣牙牌令",写贾母和一众女眷打牙牌,由鸳鸯报出她们手中凑出的牙牌牌名。这一段情节有的读者不太喜欢,说我又不会打牙牌,曹雪芹写这些干什么?其实,这段文字很重要。

首先由贾母摸牌。她先是亮明一张牌,鸳鸯让贾母说一句韵语——她们的玩法就是你亮出牌以后,鸳鸯报牌名,你跟上去说一句押韵的话,于是贾母就说了一句"头上有青天"。贾母为什么说这句话?就是因为雍正突然死亡、乾隆即位。乾隆是一个大政治家,他吸取他祖父和父亲的经验教训,觉得这两朝留下的政治伤痕太深了,首先是皇族内斗形成的伤痕太深,所以他就实行了一个叫"亲亲睦族"的政策。"亲亲",第一个"亲"是动词,第二个"亲"是名词,意思就是,凡我皇族,大家都要团结起来,过去的恩怨,咱们一笔勾销,团结起来共同支撑我们大清朝的政治生活。而且他身体力行,雍正治过罪的那些皇族成员,圈禁的,就释放出来;如果死掉了,就善待他们的儿孙,又恢复一些爵位给他们的后代。他做了很多这种事情。对于受皇族内部斗争、权力更迭牵连的官员,只要不是反对清朝统治的,都予以赦免。所以在乾隆元年的时候,曹家就碰到了一个"头上有青天"的情况,贾母对当时的那个皇帝是满意的。

当然,《红楼梦》里写的皇帝是个模糊的形象,皇帝上头还有个太上皇。其实在曹雪芹去世前,清朝从努尔哈赤算起,一直都没出现过太上皇;清朝出现太上皇,是在曹雪芹去世很久以后,乾隆实行所谓"内禅",把皇位给了嘉庆,自己当了太上皇。曹雪芹不可能，也没必要，去预见或假设这种情况。这就说明，曹雪芹写书，虽然从生活真实出发，但又是有艺术虚构的；他不想把书里的故事背景一语道破，又处处照顾到真实的社会背景，于是就使用了许多巧妙的办法，说当今皇帝上面还有太上皇，我觉得他那是把康熙、雍正、乾隆三个皇帝合并在一起写。太上皇有隐喻康熙的意思，而书里元妃省亲以后的皇帝，所谓"当今"，则是指乾隆，至于雍正，他体现得格外含混。贾母用"头上有青天"颂圣，所称颂的就是乾隆，乾隆的怀柔政策给曹家带来了新的生机；贾母的原型李氏是真心实意地感恩戴德，化为书中的角色贾母，就说了这样一句话。

说到这儿，我觉得还要把辈分问题给大家再捋一遍，大家就更清楚了。清朝这三个皇帝里，康熙对应的是曹寅这一辈，投射到《红楼梦》里就是贾母这一辈；雍正这一辈的，就应该是曹寅的儿子，曹颙死了，过继来曹頫，投射到《红楼梦》里就是贾赦、贾政、贾敬这些人，他们是一辈的；然后就是乾隆,与乾隆相对应的曹家的同辈人,就应该是曹雪芹这一辈,投射到《红楼梦》里,就是那些玉字辈的人,贾珍、贾琏、贾宝玉等。

贾母说"头上有青天",就是因为在乾隆这一朝,曹家的情况得到了大大的缓解,这是有档案可查的。当时曹𫖯的那些所谓欠款、欠银就一风吹了,曹𫖯又重新回到内务府,投射到《红楼梦》里就是贾政这样的人,又当上官了,虽然这个官不是很大,但是也还过得去,当了一个员外郎。所以贾母说"头上有青天",其实就是从现实生活中的曹家来说,或者从《红楼梦》中的贾家来说,他们对皇帝是很感激的,是愿意效忠的。这是实事求是的反映、描写。

之后几张牌,贾母说的韵语也都很有意思。比如她说"六桥梅花香彻骨",实际上也是讲,我们曹家,在小说里面当然就是讲的四大家族了——首先是史家和贾家,终于熬过了那个最困难的严冬。而且她继续颂圣,叫"一轮红日出云霄",贾母对这个小说里面的当今皇帝,实际上也就是现实生活当中的那个乾隆皇帝，是愿意一而再再而三地表达感激之情的。可是，牌凑成一副以后，这个牌名并不好，这就是曹雪芹精心的艺术构思了。鸳鸯告诉贾母，说您这副牌——牙牌的打法是三张牌凑一副——说您这三张凑一副，"凑成便是个蓬头鬼"。没想到这么三张引出感恩颂圣的牌，凑成了以后竟不是什么好的名称，是一个"蓬头鬼"。贾母也很聪明，就说了一句，"这鬼抱住钟馗腿"。这是非常高妙的艺术构思，是曹雪芹把生活提升为艺术的能耐。大家知道，钟馗是专门打鬼的，可是这鬼没有被立即打掉，还抱住了钟馗的腿。贾母觉得钟馗会保护自己。就是说当时贾家的局面是既碰到了困难，又有人保护，但是这个保护又不一定能够进行到底。所以究竟是钟馗把鬼打了，还是鬼抱住钟馗腿，把钟馗拖了一个大马趴，还说不清楚呢。这很巧妙，所以他这些牌令不是随便写的，是很动脑筋的。这是贾母的令词。

等到史湘云摸牌的时候，情况就发生了变化，这时候就出现了一句惊心动魄的话。史湘云突然说了一句"双悬日月照乾坤"。这是什么意思？当时那样一个统治思想，是不能有日月双悬的，天无二日嘛！虽然不是另外一个太阳，但是一个月亮跟太阳平起平坐地悬在天上，这还得了？这本来是李白的一句诗，说的是唐玄宗在安史之乱的时候匆忙逃往四川，很狼狈，半道上三军哗变，他不得不把心爱的宰相杨国忠杀掉了。杀掉了宰相还不行，人家说宰相的妹妹还在你身边呢，他就只好劝杨贵妃——杨国忠的妹妹自尽。杨贵妃也没有办法，就只好自尽死掉了。而这个时候，他的儿子就在另外一个地方宣布自己当皇帝了。他还没有退位，另一个皇帝又产生了。于是，李白当时有一句诗"双悬日月照乾坤"。史湘云引用这句诗就意味着在乾隆朝的时候，曹家的头上出现了日月双悬的情况，这个情况反映到书里面，曹雪芹就通过"金鸳鸯三宣牙牌令"，通过史湘云，把它惊心动魄地宣示了出来。书里的贾家别看在那里吃喝玩乐，他们头顶上有两个司令部呢，他们究竟还能玩多久，取决于那两个司令部到头来谁吞下谁。

有朋友可能会问了，这时候怎么日月双悬？雍正死了，乾隆当皇帝了，怎么日月双悬？那个月亮是谁？"日"当然是乾隆了，"月"是谁啊？有没有月？有月啊！好大一个月亮！他是谁？

大家知道，太子胤礽曾经是康熙钟爱的儿子，康熙很早就为他完婚，后来他身边也有很多女人，生育能力也很强。康熙的第一个皇子是他十三岁生的，他超级早婚早育。太子生育也早，生了很多个儿子。太子的第一个儿子也夭折了，第二个儿子就等于是第一个儿子，这个儿子叫弘晳。大家知道乾隆的名字叫弘历，他们是"弘"字辈的，是一辈人。弘晳年龄很大，因为康熙的最后一个儿子，比他前面的儿子的孙子还小，所以单从年龄上看有点混乱，但是从辈分上是一丝不乱的。这个弘晳年龄很大，在一废太子的时候已经大约十五岁了，已经是一个很成熟的人了。弘晳是在康熙跟前长大的，他的父亲第二次被废掉的时候，他已经十八岁了，而且已经结婚了，也生了儿子了，给康熙生了嫡传的重孙，叫永琛。嘉庆那辈都是"永"字辈。嘉庆当皇帝以后，才把自己名字里的"永"改成了"颙"。二废太子之后，当时朝野有什么反应呢？现在查康熙、雍正朝的文献，会发现很少这方面的记载，它们基本都被删除了。但是好在我们有一个邻国朝鲜，他们有相关记载。在朝鲜的《李朝实录》上有以下记载：第一，在二废太子之后，虽然胤礽本人确实让康熙伤心了，觉得不能让他继承皇位了，但是胤礽的儿子弘晳是嫡长孙，康熙非常喜欢，因此康熙仍然在考虑要把皇位传给嫡系的，如果儿子不行，可能就传给孙子，而且这个孙子已经是一个文武全才的青年了。《李朝实录》还记载，康熙临死的时候有两条遗言，一条是说废太子这个人以后不能再让他在政治上有所作为，要永远把他关起来，但是要"丰其衣食"；另外一条是说嫡长孙弘晳要立即封为亲王。《李朝实录》里面有这样的记载，即便跟历史事实有所出入，也仍然说明在当时那个情况下，弘晳是一个举足轻重的人物。虽然他的父亲被废掉了，但是他仍然得到皇祖父的喜爱，他是清皇室真正的嫡传血脉。所以说，在乾隆朝的时候,乾隆万万没有想到,出现了一个强劲的政敌,就是他的堂兄弘晳。

乾隆年纪小,一废太子的时候,他还没出生;二废太子的时候,他还是个婴孩,还不懂事,所以最初他小看了这个堂兄弘晳。他万没想到,在他登基以后,弘晳很快膨胀了自己的政治势力,成了他的一个强劲对手。如果乾隆是太阳的话,弘晳就被人们认为是月亮。这个情况从清朝的史料上可以得到很多印证。雍正当时也小看了弘晳,因为他坐上皇位之后面对的政敌太多了,俗话叫"按下葫芦起了瓢",他忙不过来;而且康熙也确实有过这样的意思,就是一定要善待弘晳;他父亲胤礽在雍正二年就死掉了,当时弘晳可能表面上也很谦恭老实,所以雍正就放了他一马。既然康熙说了封他为亲王,那就封吧,雍正就封了弘晳为理郡王,后来又封为理亲王。弘晳当然还是个敏感人物,所以不能让他在紫禁城里居住,或者给他一个大的王府,在北京城里居住,那都不大安全。那么把他安排到什么地方呢?安排到昌平的郑家庄。现在昌平还有一个地名叫郑各庄,应该就是那儿。雍正把弘晳安排在那儿,在那儿盖了一个很大的王府。有人说,能有多大啊?很大,这个是有确凿史料可查的。

其实康熙生前就开始做这件事了。当时主要是为了安置废太子。废太子一开始是被圈禁在紫禁城里的咸安宫。康熙觉得这早晚是个事,有这么一个人,被废掉的,在紫禁城里面住,不安全,但是他又是自己的骨肉——康熙这个人也有注重骨肉感情的一面,所以他就说,那就在郊区给他盖一个大的王府,便于把他看管起来;而且干脆盖在我每次木兰秋狝路过的地方,把我的行宫也跟他的王府盖在一起。康熙有这么一个设想,后来就予以落实。昌平的郑家庄建成的房屋情况是这样的,行宫大小房屋二百九十间,游廊九十六间;给胤礽盖的王府有大小房屋一百八十九间。为了供应这个行宫和王府,在周围又盖了饭房、茶房、兵丁住房、铺房等等,一共一千九百七十三间。这是相当大的规模。这些建筑如今都很难寻觅了,但有人在昌平郑各庄发现了一种很特殊的铜井,应该就是当年理亲王府的残存痕迹。雍正二年，废太子死后，雍正就把弘皙安排到了郑家庄居住。这对弘皙来说既有坏处又有好处，坏处就是还是有点遭贬斥意思，一般亲王府都应该在城里面，可是他却被发配到了北郊很远的地方；好处呢，就是不管你怎么看管，在这里还是要宽松一些，就可以另打主意了。弘皙果然另打主意了。

还是回到"金鸳鸯三宣牙牌令"。史湘云就点出来了，小说反映的时代，它的时代背景、政治背景就是双悬日月照乾坤。当时"日"就是乾隆皇帝，他已经继承了皇位，当了皇帝。但是他的一个堂兄，废太子的这个儿子弘皙，却在郑家庄也做着皇帝梦，而且还有很多很实际的谋取皇权的阴谋活动。曹家这种大家族对这种情况一定都门儿清。底层老百姓可能糊涂，曹家不糊涂，也不能糊涂，因为他们必须随时搞清楚政治形势，从积极的角度说是为了获取更多实际利益，从消极的角度说是为了避免遭受打击。现实生活中的情况折射到小说里，就是贾母她们心里都明白，史湘云就说出来了：双悬日月照乾坤。

可能有的朋友还希望我提供更坚实的论据,怎么见得弘皙就要谋夺皇位啊?乾隆后来说的。乾隆怎么说呢?弘皙"擅敢仿照国制,设立会计、掌仪等七司"。这些都是只有皇帝才能有的机构。掌仪司就是掌管皇帝出行仪仗的,会计司是帮皇帝管国库的,另外还有五司,一共七司。郑家庄的房子很多,足够他设立自己的行政机构。弘皙就在那儿自己当起了皇帝。乾隆比他小,一开头没在意,没盯牢他,后来乾隆长大掌权了,又成为一个大政治家了,就明白了。现在的清朝史料里面,明明白白留下了乾隆这样的话,乾隆说弘皙"自以为旧日东宫之嫡子,居心甚不可问"。乾隆这才意识到,他自己在血脉上甚至还敌不过弘皙。按封建社会的宗法思想,伦常排序,嫡庶之分,他是庶出的雍正的儿子,而弘皙呢,是康熙的嫡长孙。而且后来乾隆发现,最让他伤心的是,皇族里面很多人,包括他父亲善待过的那些贵族、那些亲信,都是这样想的。康熙的嫡子"坏了事",死了,他嫡子还有没有嫡子啊？有，而且是康熙看着长大的，并没有"坏事"，康熙也没说他不好，甚至还常夸他，他又为康熙生下了嫡重孙，延续了正宗的皇家血脉。那么，他不就应该当皇帝吗？很多人都有这种想法，所以乾隆后来就警惕起来。但是一开头他大意了，结果有一段时间就是"双悬日月照乾坤"。

在第四十回"金鸳鸯三宣牙牌令"中，就宣示了《红楼梦》写作的政治背景是"日月双悬"，最后鹿死"月"手还是"日"手，至少到书中第四十回的时候，还尚未可定。所以史湘云接下来的韵语是"闲花落地听无声"。乾隆和弘皙在乾隆元年的时候还是暗斗，到乾隆四年才变成明争。所以这个时候暗地较劲，叫作"闲花落地听无声"。据史料记载，弘皙曾给乾隆送寿礼，礼物里有一件明黄色肩舆。明黄色是只有皇帝才能使用的，弘皙这样做就是一种挑衅，因为没有皇帝本人的命令，任何人都不可以擅自制作这种颜色的用具。但弘皙他不但做了，还拿到乾隆眼前了，看你怎么办。这件事情不大，"闲花落地"，当时在朝廷里也没引起什么响动;"听无声",但这其实是弘晳向乾隆发起的一次心理战。乾隆当时不动声色,只是说这肩舆不要,拿回去;但拿回去以后,弘晳就自己拿来用了。乾隆后来说起这件事还非常愤懑,但当时还是暗斗,没有撕破脸决一雌雄。

"日月双悬"的政治形势下,官僚阶层的状态比较复杂。史湘云又说了一句"日边红杏倚云栽",意思是也有的人会依靠"日"这个力量,从而得势。但是紧接着,史湘云又说"御园却被鸟衔出"。这句话很妙。御园,就是紫禁城的御花园。那么大一个大花园,你可要小心,你防这个防那个,一只鸟就可能把你衔走啊。当然,这句话一般可以理解为鸟儿飞进御园里,衔出了里面樱桃树上的樱桃。书里写史湘云的那副牌,凑成以后是"樱桃九熟",牌相是三张牌九个红点,满堂红。鸳鸯报出"樱桃九熟"的牌名后,史湘云接着就说"御园却被鸟衔出",意味着御园里所有的樱桃,所有的精华,实际上也就是御园的全部价值,都会被外来力量夺走。简单来说,就是有一种潜在的夺权力量正在虎视眈眈,别看表面上"闲花落地听无声"。所以史湘云的这个牙牌令也预告了很多东西。

在这一回里,除了贾母和史湘云的牙牌令大有深意,像薛姨妈说"梅花朵朵风前舞",薛宝钗说"处处风波处处愁",林黛玉说"双瞻玉座引朝仪"等,也都有类似的意思在里面。

当然曹雪芹从来都不会是写一笔就单纯地表达一个简单的意思,他总是一笔多用。后来有一个叫戚蓼生的人,给前八十回本的一种古本《红楼梦》作序,就概括曹雪芹的艺术手法叫作"一声而两歌,一手而二牍"。意思就是说一个嗓子能唱出两首歌来,一只手能写出两封信来,他是在形容曹雪芹文笔的高妙,又叫作"一击两鸣,一石三鸟"。他写"金鸳鸯三宣牙牌令",向读者揭示了小说里的贾家所面临的那种复杂的"双悬日月照乾坤"的政治形势;后来又通过林黛玉说了几句牙牌令,结果把《牡丹亭》《西厢记》里面的词说出来了,被薛宝钗逮到了小辫子,这一段描写也是为后面的情节,为钗黛之间的矛盾冲突做铺垫的;同时又让刘姥姥说了一些很滑稽的话,特别最后一句,说"花儿落了结个大倭瓜",结果贾府所有的太太小姐们都笑作一团,显示出文化差异引起的情绪震荡。所以曹雪芹确实很厉害,"一石三鸟"。

通过"金鸳鸯三宣牙牌令",我们就知道,在《红楼梦》里面,实际上月亮是有特殊的寓意的,就是喻废太子和他的儿子;更具体地说,是弘晳的一个代号,是隐藏在《红楼梦》文本后面的,构成曹雪芹写作的重大政治背景的一个人物的代号。

月喻太子,例子太多了,不仅仅是"金鸳鸯三宣牙牌令"。再细解释一下,我说月喻太子,完整的意思是,《红楼梦》里许多地方出现的关于月亮的文字,都是在明喻、暗喻或借喻义忠亲王老千岁及其残余势力。就其生活原型而言,不仅包括胤礽,也包括弘晳,"太子"是一个复合的概念。

现在,我们就来看看还有哪些月喻太子的例子。翻开《红楼梦》第一回,贾雨村就出场了。这个贾雨村在第一回里面就有口号一绝,脂砚斋还特别指出来,说《红楼梦》"用中秋诗起,用中秋诗结"。因为她看过曹雪芹写的完整的《红楼梦》的书稿,第一回就是写中秋节,然后就有一首诗出现了,就是贾雨村的口号一绝,就是说月亮的。她告诉我们在《红楼梦》的最后一回也会有一首诗,也是中秋诗,最后来收尾,来了结《红楼梦》。贾雨村的口号一绝说什么呢?"时逢三五便团圆,满把晴光护玉栏。天上一轮才捧出,人间万姓仰头看。"后两句这个场景太夸张了,这不就是皇帝出来了吗?表面是写中秋的月景,实际上这里面隐伏着一种政治情势,就是在"双悬日月照乾坤"的情况下,月亮已经非常膨胀了。这首诗这样解释你可能觉得还是有点牵强。好,咱们再来几首。

第四十八回,甄士隐的女儿香菱要学着作诗。香菱前后写了三首诗,一首比一首好。第一首,林黛玉看了觉得简直是门外汉,不行。但是在这首诗里面就有一句"月挂中天夜色寒",就是当时月亮的情形不是很妙,虽然挂在中天了,但是夜色还寒,离月亮真正得势还有一段距离。第二首,薛宝钗说你这个不符合题目了,题目让你写月,结果你写月色了。这一首里面也有一句值得玩味,叫作"余容犹可隔帘看"。当时弘晳被安排到了昌平郑家庄,开头他本是被雍正安排去的,雍正死后,乾隆后来也有所觉察了。弘晳虽然被边缘化了,可是很多贵族还是知道他是有势力的,特别是心里都觉得他是康熙的嫡长孙,所以虽然只剩下"余容",但是"犹可隔帘看",他还存在。到第三首,所有的人都觉得好,林黛玉、薛宝钗、李纨都说这首写得好,说明香菱终于修炼成一个诗人了。这一首被认为最好的诗里面有一句,就更惊心动魄,叫作"精华欲掩料应难"。就是说月亮的精华即便想掩盖也很难了。有人说,这么解释香菱的诗是不是太牵强了?对此我个人仍然坚持我的观点,就是那么回事。

还有例子。第七十六回,又过中秋节,林黛玉和史湘云在凹晶馆联诗,里面有很多句都是非常值得我们注意的。当然因为是中秋节作诗,几乎都跟月亮有关。比如"宝婺情孤洁,银蟾气吐吞"。这两句还好,"宝婺情孤洁",宝婺,指的也是天上的星辰,它的处境是孤独的,但是它很高洁,实际上也是在指月亮;"银蟾气吐吞",月亮是银色的,里面有蟾在那儿吐气。"药经灵兔捣,人向广寒奔。"月亮里面不是有一只兔子在捣药吗?她们两个就联诗说,人在这个时候一看月亮就想往广寒宫奔去。有人可能会说,"人向广寒奔"的"人"就是说的"嫦娥",因此这里面也许并没有你说的那么些深意。是的,这四句虽然是说月亮,但只是一般性地形容一下景象罢了。我们再往下看。

接下来,"犯斗邀牛女,乘槎待帝孙"。"斗"就是天上的北斗星。一个星侵犯另外一个星叫作"犯"。"犯斗邀牛女",在模糊当中表达出很强的一种紧张的气氛。这句倒也罢了,接下来还有三句。在有的古本《红楼梦》里面,接下来的三句可能被抄书人读出其中的味道了,由于害怕,就给删去了,所以不是每一个古本里面都保留了以下三句。这三句用今天的话说就是太露骨了。是什么呢?一句叫作"乘槎待帝孙","槎"就是木筏子;"乘槎",过去认为天上有天河,坐上木筏子可以在天河里航行。等待谁的降临呢？等待帝孙。过去把织女星叫作帝孙，但是在这里，它分明指的就是康熙的孙子。因为在乾隆朝所有人都知道，帝孙指的就是弘皙，没有别人。他是康熙的嫡长孙，别的庶出的都不能这么称呼。在凹晶馆联诗里面居然出现了这种句子，要"乘槎待帝孙"，一些人就希望他成事，希望他"天上一轮才捧出，人间万姓仰头看"。

有人说，你是不是太敏感了？不是我敏感，是高鹗、程伟元敏感。高鹗、程伟元他们得到的那个古本里面是有这一句的，但是他们一看，"乘槎待帝孙"，赶紧把这个"待"字涂掉了，改成了"访"。所以在通行本里面就可以看到，"乘槎待帝孙"改成了"乘槎访帝孙"，意思就完全不一样了。"待帝孙"是有所期待，希望他能解救自己，是盼望救星的意思，等待他成功的意思；"访帝孙"就是去做一趟客，就大不一样了。

还有两句："虚盈轮莫定，晦朔魄空存。"月有阴晴圆缺，有的时候它就会变成一个月牙，是虚的，有时候是满月，是盈的；时而显得很强大，时而显得很虚弱。但是，下面一句明确地宣示了他们的一个信念，叫作"晦朔魄空存"。不要看表面的变化，无论怎样，它的实体，它的魄，是在天空当中稳定地存在的。联诗联出了这样的句子，难道是偶然的吗？

除了诗，《红楼梦》中有没有贾家，也就是映射现实生活中的曹家，支应潜在的政治集团的事情呢？是有的。第二十八回突然插进一个很小的情节，很多人都不注意，就是贾宝玉匆匆忙忙跑过凤姐的院子，凤姐说你来，给我写几个字。贾宝玉说写什么字啊？凤姐说，你甭管了，你就给我写。写的什么字？"大红妆缎四十匹，蟒缎四十匹。上用纱各色一百匹，金项圈四个。"这东西不少，也很贵重。贾宝玉就问："这算什么？又不是账，又不是礼物，怎么个写法？"凤姐说："你只管写，横竖我自己明白罢了。"大家知道，凤姐平常写字、算账，是有一个可供支使的人的，叫彩明。彩明是一个童子，一个小男孩，有文化，会算术，一般这种事情凤姐都是让彩明来做。但是这次，凤姐没有叫彩明，而是找她最亲近的人，找贾宝玉来做这件事。她知道贾宝玉是个不问政治的人，根本就不耐烦，写完就忘了。这太好了。凤姐要把这些东西往哪里送？有人说她是送给元春的。这个贾家的大小姐在皇宫里面是贵妃。她送给元春，要开一个单子。可是这需要贾宝玉这么秘密地来开吗？她让彩明开不就完了吗？而且她为什么不回答贾宝玉呢？跟贾宝玉说不就得了吗？凤姐只是说，"横竖我自己明白罢了"。而且接下来，凤姐还有很多蹊跷的事情。第七十二回，凤姐讲她做了一个梦，叫梦中夺锦。她说突然来了一个人，看着很面善，仔细想又想不起来是谁，来要一百匹锦。于是凤姐就问他。那个人说娘娘要一百匹锦。凤姐问他，是哪一位娘娘啊？结果那个人说的又不是元春。当时王熙凤作为当家人，她要支应、要对付的不仅仅是一个太阳，还要应付月亮那边。应付月亮那边只能采取这种办法，不能太明白地去应付。

这些地方都说明，在康、雍、乾三朝，当时的政治形势影响了曹家。曹雪芹又把乾隆初期复杂的政治情势和自己家族的命运,巧妙地投射到了《红楼梦》的文本当中,留下了诸多的蛛丝马迹。有的已经不是蛛丝马迹,已经非常清晰了。

蒋玉菡

有的红迷朋友问我,你为什么总讲些过场戏啊?你讲的那些情节,往往是在看书的时候,我匆匆翻过去的,有的地方简直就直接跳过去,不看那个,看下头,看贾宝玉跟林黛玉又怎么样了,关心的是贾宝玉后来究竟娶了谁,他怎么当的和尚……总之,关心的是《红楼梦》里的主要人物、主要情节,大主干、大脉络。其实,我也非常重视《红楼梦》里面的主要人物和主要情节。我从秦可卿入手,并不是光研究这一个人物,我不是搞人物论,不是搞秦可卿的人物专论。我从探究秦可卿的生活原型入手，是为了找到一扇窗、一扇门，从那个窗口望进去，从那道门槛跨过去，可以更好地把握《红楼梦》的时代背景，更好地把握曹雪芹的创作处境和创作心理。然后融会贯通，也就会把比如宝、黛、钗的感情纠葛，金陵十二钗正册中其他各钗，副册、又副册中的那些女性，以及贾府最后的陨灭等方面，把我对这些的连续性的探究心得一一表述出来。但是我必须一环一环地进行。现在我还在探究秦可卿的生活原型，而这方面的探究，就必须要涉及书中的若干过场戏。

我的观点是，我们读《红楼梦》，不能够错过它的一些过场戏。《红楼梦》每一回都有主要的情节，那情节基本上在回目上就都点出来了。在主要情节的发展当中，会有一些过场戏，早已有红学专家指出，这些过场戏都不是废笔赘文，都是经过精心设计的，有着重大意义。

比如第二十六回，"蜂腰桥设言传心事　潇湘馆春困发幽情"。很显然，重头戏是小红跟贾芸、林黛玉跟贾宝玉的爱情纠葛，当然还讲了一些别的事情。但是这里突然出现了一个人物,就是冯紫英。实际上在这回之前,他的名字已经多次出现了,有关秦可卿得病和丧事的情节里就多次提到他。我们从脂砚斋批语里可以得知,前面提到过的一些人物,虽然只是那么一提,没戏,但在八十回以后,却是要正式出场的,不但有戏,有的可能还有重头戏。冯紫英这个角色也不仅是被提到,他是会出场的,第二十六回这个人物就出现了。当时他见到了贾宝玉、薛蟠,贾宝玉、薛蟠就问他,说你前一段哪儿去了?冯紫英就说,是随着他的父亲打猎去了。这段文字值得推敲。他说他是三月二十八去的,前儿回来的。康熙朝的时候,康熙特别强调要保持满族的骑射传统,强调每年都要进行大规模的围猎活动,这些活动主要是在秋天——木兰秋狝,但是春天有时候也会去打猎。为什么提到打猎这个事呢?薛蟠和贾宝玉发现他脸上有轻伤,以为他打架了——这些贵族公子经常打架。所以薛蟠就问他,这脸上又和谁挥拳,挂了幌子了?薛蟠自己就爱打架,他们都是一伙的,确实他们也经常打架。冯紫英就告诉他,从那一遭把仇都尉的儿子打伤了,我就记得了再不怄气,如何又挥拳?可见他们有一个共同的对头就是仇都尉,仇都尉的儿子他们也认为不是什么好东西,他们打过架。但是自从那次以后,冯紫英说,他就不再那么随便打架了,不再荒唐了,他要做正经事了。做了什么正经事呢?跟他父亲打围去了,就是打猎去了。地点呢?他也说出来了,是在潢海铁网山上。

潢海铁网山,这个地名在第十三回出现过。秦可卿死了,要木头做棺材,薛蟠就说,他家里存有一副木头,是樯木,这个樯木就是潢海铁网山出产的。第十三回出现的铁网山,第二十六回又出现,这绝不是偶然的。这在曹雪芹的笔下,是很重要的信息;这对冯紫英来说,是非常重要的地点。他说是在铁网山上叫兔鹘子捎了一翅膀。过去有一种鹰叫海东青,专门扑兔子,特别勇猛,又可以叫兔鹘子。冯紫英就跟他们解释,脸上的轻伤不是打架来的,是跟父亲到铁网山打围去了,在那儿为了抓兔子放鹰,被鹰翅膀扇了一下。他为什么要这么解释呢？想必有很多的原因，曹雪芹笔下也写了，贾宝玉跟薛蟠都急着问他，你为什么要去呢？冯紫英没有直截了当地把前因后果说出来，却说了一句让人听了心里发痒的话，他说这次大不幸之中又大幸。这话多有意思啊！大不幸，这是一个大前提。他怎么会大不幸呢？让兔鹘子捎了一翅膀，只能说是个小不幸。可是大不幸当中又大幸。怎么会又大幸呢？兔鹘子没把他捎得更惨，算是幸运吧，也够不上什么大不幸中的大幸啊。这话好怪，说得薛蟠和贾宝玉心里痒痒，急着问他怎么回事，他还不说，连坐都不坐，只说今儿有一件大大要紧的事，回去还要见家父面回。他还说，他去潢海铁网山，是因为他父亲神武将军冯唐要求他跟着去，否则他不会寻那个烦恼去；他父亲把他抓得很紧，不嫌烦，春天里就往那么个地方跑，把他弄得也很忙，这不，又等着他回去。这个冯紫英真是忙得很，他都顾不得坐，站着饮了两大海酒，就匆匆离去了。他那么忙，他父亲跟他，显然还有些其他的人，究竟在忙活些什么呢？

这个冯紫英是一个很神秘的人物，而且贾宝玉在对话当中还掐算了一下，说你是三月二十八去的，哦，怪道前初三四儿我在沈世兄家赴席不见你。沈世兄看来也是和他们来来往往的一伙人里的，贾宝玉到沈世兄家赴席，应该是四月初三初四。冯紫英说他三月二十八去的，四月初三初四的时候，还见不到他的影儿，起码得有一周以上，其实很可能不止一周。铁网山究竟在什么位置呢？应该就在木兰围场之中。在当时的交通条件下，一来一回差不多就是这么个时间。这是第二十六回里写的，是个过场戏，但我主张不要放过，要琢磨。在《红楼梦》里，除了一般读者感兴趣的爱情描写，以及人与人之间的微妙的心理冲撞描写以外，也时时把曹家经历的重大的政治斗争、权力斗争投射其中。这段文字其实就是这个作用。冯紫英干什么去了？他怎么会大不幸当中又大幸？隔了一回以后，我们就在第二十八回发现一个情节，这个情节也很重要，冯紫英跟贾宝玉他们饮酒作乐。

在第二十七回，我们看到一些美丽的场面，贾宝玉和大观园里的一些女儿们在大观园里举行一个活动。那一年的四月二十六未时交芒种节。据书中说，当时闺中有一个风俗，把这一天当作饯花节，跟花神告别，就是百花开到这个时候，都要纷纷退场了。"开到荼蘼花事了"，最后一种花就是荼蘼花，荼蘼花谢以后，春天的所有花事就都完结了。就在芒种这一天，她们要为所有的花，为花神饯行，大观园的儿女们就举行了这样的活动。

实际上这一天应该是贾宝玉的生日。《红楼梦》里面，很多人的生日都是挑明了说，贾母是几月初几，薛宝钗是几月初几，王熙凤又是什么时候过生日，都有很明确的交代。但是贾宝玉哪天过生日，在《红楼梦》前八十回里并没有明确交代。可是他又大写"寿怡红群芳开夜宴"。这是为什么？这个我们放在以后专门谈贾宝玉时再去揭秘，现在先点到为止。我先告诉你，第二十八回冯紫英请贾宝玉去赴宴，其实就是给他祝寿。为什么这么说呢？因为那一天跟着贾宝玉去冯紫英家的是谁呢？是四个小厮。贾宝玉小厮很多，在《红楼梦》里面可以看到很多小厮的名字,其中最主要的是叫焙茗的,然后有锄药、扫红、墨雨等等,当然还有其他一些小厮。这些小厮往往出现不止一次,偏偏在第二十八回,写他去赴宴的时候,多了两个小厮,这两个小厮在这之前和之后都不再出现;他们一个叫双瑞,一个叫双寿,这就暗示是请他去赴寿筵去了,瑞寿嘛。

贾宝玉和薛蟠他们去了以后,发现席上出现了两个新人物,一个是蒋玉菡,一个是云儿——一个妓女,几个人聚在一起饮酒。在这个故事情节当中,作者也照应了一下第二十六回。那一回不是冯紫英说这次大不幸中又大幸吗?当时他不告诉薛蟠和贾宝玉,他说改日再说,现在已经改了日子了,也把这两位请到了,这两位就请他说,结果他又说并没有什么事。他说当时为了把你们请过来,我那是一个设辞,就是我故意用一个话头把你们吸引来。作者在第二十六回把这个事情很郑重地提出来,到第二十八回又轻轻抹去,可见在写这个情节的过程当中,内心不断地掂掇,应该怎么写。他没有明白写出，但又使我们隐隐感觉到话里有话。我在下面还会回过头来解释，为什么是这样的。

且说在这一回里面有一个非常重要的情节，就是贾宝玉和蒋玉菡两个人见面了，认识了，结交了，互换信物了。贾宝玉把自己随身带的扇子上的一个扇坠儿送给了蒋玉菡，蒋玉菡就把他自己腰上围的一条汗巾子，就是系内裤的腰带解下来，送给了贾宝玉。而且他还交代得很清楚，这条腰带是谁送给他的呢？是北静王送给他的。北静王把这条大血红点子的、非常珍贵的、外国进贡来的腰带给了蒋玉菡。那个"外国"，曹雪芹设计得很奇怪，叫茜香国，而且国王是女的；这个女国王给书里的中国皇帝进贡，贡品很离奇，是腰带，而且是系小衣的，小衣就是内衣，实际上就是内裤，是那样的腰带。皇帝把那腰带给了北静王，北静王又赏给了蒋玉菡。蒋玉菡是个伶人，艺名叫琪官；过去这种唱戏的一般都是俗称什么什么官，《红楼梦》里面就有红楼十二官，龄官、芳官等等。贾宝玉就和琪官互赠结交的礼物，这些情节都很重要。这有什么重要呢?这在《红楼梦》里面是很次要的情节啊?它实际上是把当时雍正、乾隆时期权力斗争的一些情况,折射到了小说文本当中。所以说它实际上非常重要。

实际上《红楼梦》里面隐约出现了两大政治集团,这两大政治集团是对立、冲突的,其冲突最后就蔓延到了贾府,激化了贾政和贾宝玉的矛盾,最后导致贾宝玉被他父亲暴打。贾宝玉挨打,导火线当然有两条,一条是金钏儿的事情,这事又是由贾环添油加醋告到贾政面前的。金钏儿的事情,我们暂且放在一边,贾政之所以把贾宝玉往死里打,并不是由于这件事,这只是一件附加的事。那主要的是什么事呢?是贾政在那儿正待着呢,忽然外头仆人跟他说,忠顺王府派人来要见他。贾政和忠顺王府一向没有来往,怎么忽然忠顺王府派人来了?而且派的不是一般的人,是长史官——那个时代,一个王府就是一个小朝廷,有它的机构班子,其中总的负责王府事务的官员叫长史官。那是一个很重要的角色,这样的人物一般是不轻易出动的,可是这天忠顺王府就派这个长史官来了,要见贾政。

贾政觉得很奇怪,赶紧把人往里迎,因为忠顺王是很重要的一个皇亲国戚,是很重要的统治集团的人物。贾政把长史官迎进来,问他什么事。长史官说这次来不为别的事,就是问贾府要琪官,要蒋玉菡,要这个人。而且长史官的话很刻薄,意思就是说,要是别的东西的话,你们贾府拿走了也没关系,问题是这个人是我们忠顺王最喜欢的,坚决不能放弃的,而这个琪官,满城里的人都说,跟你们家公子交好。贾政一头雾水,他完全不知道这件事,就让仆人赶紧把贾宝玉叫来。贾宝玉来了以后还想撒谎,说不知琪官为何物,没听说过这个名字。长史官就冷笑,说你不要再撒谎了,让我说出来对你也没有好处,琪官的那个红汗巾子,不就到了你的腰上了吗?大意就是这样的话。贾宝玉一听,好家伙,这么机密的事情他都知道了,就傻眼了。曹雪芹是这么写的,他写道:"贾宝玉心想这话他如何得知的呢?他既连这样机密事都知道,大概别的也瞒他不过,不如打发他去了,免得再说出别的事来。"贾宝玉很紧张,在这个情况下只好认了,不但认了这个事,而且还泄露了机密。他说,既然连这样的事你都知道,那你怎么不知道蒋玉菡已经在东郊二十里外,一个叫紫檀堡的地方置了地、买了房,在那儿住下来了呢?就把蒋玉菡的去向告诉长史官了。长史官冷笑说,好,先去找一找,要找不着的话,再到你们这儿来找。这才是贾政发怒,"不肖种种大承笞挞",贾宝玉被他父亲往死里打的根本原因。金钏儿投井是一个火上浇油的原因,这把火是从琪官这儿轰地一下子燃起来的。

大家想想,忠顺王在跟谁过不去啊?蒋玉菡被谁勾引走了啊?真正窝藏琪官这个戏子的是贾宝玉吗?并不是,是北静王。这是王府之间的冲突,双方在争夺一个戏子,最后七冲八撞地折射到了贾府。据很多红学家分析,蒋玉菡(hàn)读成蒋玉函(hán)并不错,因为实际上它的谐音就是说的一个玉匣子,或者说装玉的匣子,"函"就是匣子的意思。双方在争夺一个匣子,这是怎么回事?

琪官，写出来是琪，这个字是一个"玉"字边一个"其"，当然它的谐音也可以是"棋"。这谐音就意味着，好像在一个棋局当中，双方争夺一个非常重要的东西。这个玉函后来藏在哪儿了呢？紫檀堡，一个紫檀做的更大的箱子里面。这是什么东西呢？在红学的发展史上曾经有一派叫索隐派。索隐派现在没落了，被很多人否定，但是我个人认为，索隐派在红学的发展史上留下了很重要的痕迹。蔡元培就是一个索隐派的大师。索隐派认为《红楼梦》的主题、宗旨，就是悼明之亡、揭清之失，为明朝灭亡抱不平，对清朝统治汉族表示愤慨，认为它里面有很多的文字都隐含这样一个意思。他们经常从字音字义上做一些很细微的分析，认为这样就是把隐蔽的内容检索出来了，所以叫索隐派。索隐派对蒋玉菡这个人物，对他的名字谐音"玉函"所包含的寓意的揭示，还是发人深省的。他们这样的一个思路，我觉得还是可以参考的，就是说忠顺王府和北静王府所争夺的，一方要保、一方要夺的，是最高的政治权力，是棋局中最重要的那个东西，其实就是玉玺。

这个仅供大家参考,过去的红学研究者曾经有这样的思路。我个人是做原型研究的,我的整个研究都是在探究《红楼梦》当中的艺术形象的生活原型,这是我跟他们不同的地方。但是人家从索隐的角度揭示出来的一些《红楼梦》使用的命名的方法、谐音的含义,我觉得足资参考。

我倒不认为蒋玉菡一定就是隐喻玉玺,但是忠顺王和北静王,双方最后在一个戏子的问题上发生了激烈的冲突,一方是坚决不放弃,一方是坚决要把他藏起来,而且牵扯到了贾宝玉,这实在值得玩味。

现在回过头来想,冯紫英是什么人呢?他为什么要把蒋玉菡介绍给贾宝玉呢?贾宝玉本来就认识北静王,秦可卿死后,专门有半回书就叫"贾宝玉路谒北静王",而且北静王还邀请他到府里做客。贾宝玉那以后应该也去过北静王府,但是他正式认识北静王喜爱的戏子琪官,却是在冯紫英家里。冯紫英当时请他去,说所谓大不幸中又大幸,虽然这

"大不幸"与"大幸"都没有说出口,而且后来说只是随便一句玩笑话,要不你们哥俩就不会来,但这些实际上都有含义。在《红楼梦》里面,我们可以影影绰绰看见两个对立的政治集团,而这两个集团的利益冲突都牵扯到最高的统治权。

如果把《红楼梦》仔细梳理一下就会发现,其中一派是北静王这派。但实际上北静王并不是这一派的最高代表人物,这一派的最高代表人物,在《红楼梦》的文本里面已经点出来了——义忠亲王老千岁。秦可卿死后,为她找棺木的时候,薛蟠说我们家存的有木头,这个木头是出在潢海铁网山的,叫樯木。当年被人订过,谁呢?就是义忠亲王老千岁。这个木头订了以后,怎么没拿走呢?因为义忠亲王老千岁坏了事,就不曾拿走。什么叫"坏了事"?这可是一句非常重要的话。如果《红楼梦》是完全虚构的小说,完全没有生活原型,那么他点出来这个木头曾经有人订过,可以说后来这个人不得好死,所以没拿走;也可以说他破产了,他没钱了,所以没拿走。他不这么说,而是用了一个虚构者很难想出来的词——"坏了事"。之前我们说过,康熙正式册立过太子,就是康熙的嫡子胤礽。胤礽刚一岁半就被册立为太子了。尽管在清朝正式的政治语汇里并没有"千岁"这个称谓,但曹雪芹特意用了这个词,就是暗示太子。

太子被圈禁后,康熙仍然厚待他和他的儿子。一是要求衣食供给一定不能降低标准,要保证他丰衣足食,过得舒服;另一个是对他的长子,就是弘皙,也特别强调,要封为亲王。所以义忠亲王这个形象不但喻指太子,实际上也喻指弘皙。当然主要还是指胤礽。胤礽这个太子的一生是很坎坷、很波折的,两立两废。他都快四十岁了,他的父亲仍然非常健康,本来这应该是件大好事,可是他等不及了,父亲的健康成了他的痛苦。据朝鲜的《李朝实录》记载,当时朝鲜的使臣曾经去谒见太子,那时候太子一废以后还没有二废,他就非常放肆地对外国使臣发牢骚,说你们看看全世界的太子,有没有我这么大岁数还没当皇帝的?这当然不像话,不可以说这样的话,但这是他真实的心声。"老千岁",

这三个字多生动。有人说，四十岁不算太老。那是今天，在曹雪芹那个时代，三十岁就是人的寿数的一半，六十岁寿数就全了，七十岁就古来稀了。所以快四十岁，已经是年纪很大的千岁爷了。结果后来果然就坏了事，第二次被废掉，而且是彻底被废，他后来的岁月是在圈禁中度过的，眼睁睁地看着他的弟弟四阿哥坐上了本该由他来坐的宝座。雍正二年，他就忧郁而死。

这就说明，康、雍、乾三朝的权力斗争的源头，还是跟这个太子的命运起伏有关。所以在《红楼梦》中出现了这样一个符码——义忠亲王老千岁。他坏了事，被废了，而且被废了以后没有马上死，当然这个樯木就运不走，再订棺材也不敢用樯木了。从书里的描写来看，樯木不仅是一种非常优质的木材，而且正像书里面贾政劝贾珍的那句话一样，非常人可享，不是一般人能够用的。什么叫樯木？樯就是船上的桅杆。作者用这个字眼也是有含义的。这样，我们就找到了《红楼梦》里一派政治力量的源头，就是义忠亲王老千岁，北静王是向着他的。

我分析《红楼梦》里对立的两个政治集团，最终的目的，还是要弄清秦可卿的生活原型。如果秦可卿的出身高于贾府，那么，她或者属于忠顺王那个政治集团，是皇家那一支血脉中的一个女性；或者属于北静王，也就是义忠亲王老千岁这一支。

北静王这个角色太值得探索了，他是在秦可卿的丧事后正式出场的，而且我们发现，曹雪芹把他描写得好像是天上的神仙一样，光彩四射，把贾宝玉都赛过去了。而且我们过去受那种论调的影响，总觉得贾宝玉是个反封建的人物，他最恨国贼禄蠹，最不愿意和达官贵人交往，但是他见到北静王后竟然受宠若惊，而且不是装出来的。这是为什么？小说中的人物是被作家的笔驱遣的。作家为什么要这样写？这里面有无数的奥秘。那么，北静王有没有原型呢？把这个原型搞清楚，是不是紧接着就可以揭示出秦可卿的原型了？

北静王

　　《红楼梦》是一部带有自传性、自叙性的小说。它里面的众多人物大都是有生活原型的。我说的是里面众多的人物,不是所有人物,其中有的角色,比如一僧一道,就是那个癞头和尚与跛足道人,是不是也有生活原型呢?我觉得那就不一定有,很可能是完全虚构出来的。说小说里的人物有生活原型,当然也不是把生活里的人物跟小说里的人物简单地画个等号,谁就一定是谁。比如贾赦和贾政,他们的生活原型是一对亲兄弟,小说里也说他们是亲兄弟,但是生活当中这对亲兄弟里只有一个过继给了贾母的原型李氏,另一个并没有过继给她,小说里写的时候,就变通了一下,把他们俩都说成是贾母的儿子。虽然这么说,但在具体描写上,却又按照生活的真实面貌,写一个跟贾母住在荣国府里,住在府里中轴线上的正房里;另一个呢,并不住在荣国府里,他住在一个跟荣国府不连通的、黑油大门的院子里。林黛玉初到荣国府,拜见贾母后,要去给贾赦请安,邢夫人带她去,是要先出荣国府,坐车到那黑油大门外头,再进去,到贾赦和邢夫人他们家的。这个例子就说明,从生活原型到小说人物,从生活真实到小说世界,曹雪芹采取了多种多样的、灵活变通的手法。

我们之前说北静王这个角色很重要,值得特别注意。那么,这个角色有没有生活原型呢?

北静王是有原型的。首先从北静王的名字我们就可以看出来。北静王叫什么名字呢?他叫水溶。那么在清朝的皇家里面有没有一个人叫水溶呢?没有,但是有一个人叫永瑢。永字去掉上面一点和那个小短横,就是"水";把"王"字旁中间的竖去掉，就是"溶"。《红楼梦》里北静王的名字叫水溶，显然就是从永瑢这个名字演化来的。

永瑢是谁呢？是乾隆的儿子，乾隆的儿子都是永字辈。那是不是可以得出结论，说《红楼梦》里面的北静王水溶的生活原型就是乾隆的一个儿子呢？细考究，又不是这样的。曹雪芹借用了永瑢这个名字，演化成小说当中水溶这个名字，但实际上，这个角色的生活原型并不能说就是永瑢。

北静王这个角色是现实生活中的两个人物组合变化而成的。第一个人物就是永瑢，因为取用了他的名字。第二个是谁呢？是康熙的皇子之一。

康熙的二十一阿哥叫允禧——康熙的儿子名字的第一个字都是胤，第二个字都有一个"示"字边，都是吉祥幸福的意思；雍正登基后，其他兄弟为了避他的讳，名字里的"胤"就都改成"允"了。二十一阿哥叫允禧，他的辈分很高，是康熙的儿子，跟雍正是一辈的，是乾隆的叔叔。我们已经说过，从生活的真实到艺术的真实，基本上是这样的匹配关系：在生活中，康熙跟曹寅同辈，小说里面，是贾代善、贾母他们这一辈；再往下，跟雍正一辈的就是曹寅的儿子曹颙、曹頫，折射到小说里就是贾敬、贾赦、贾政；再往下就是乾隆，他在生活当中的同辈是曹雪芹，反映到小说里面，升华成为艺术形象就是贾宝玉。按照这个规律，允禧是废太子允礽的弟弟，也是雍正的弟弟，是二十一阿哥，他辈分高，但是生得晚，因此他的年龄实际上应该和曹雪芹差不多，比曹雪芹略大。

这个人很有意思，考察他的一生，他表面上不问政治，喜欢文艺。他自号紫琼道人，又有一个号叫春浮居士。他留有一本著作，叫作《花间堂诗草》，他写诗，还有一本叫《紫琼严诗草》。这个人除了留下诗集，还留下了一个匾，这个匾现在还挂在北京城。在哪儿呢？在什刹海后海，原来是中国音乐学院，还有一些其他机构在里面，后来腾清，修复。这里在清末是恭王府。现在恭王府及其后面的花园是对游人开放的一处名胜了。在恭王府的庭院里，就一直挂着一块匾，匾上写了四个字——"天香庭院"。"天香"，这两个字我们多熟悉啊,"秦可卿淫丧天香楼"。这个匾上没有允禧的落款,但是有他的一枚印章,证明就是他写的。为什么要说这个?意思就是曹家在雍正朝遭罪以后,在他们的旧关系里面还有一些康熙朝的皇子,对他们家比较好,暗中保护,明里可能也接纳,允禧就是其中之一。他表面上不问政治,也确实没有夺取皇位的野心,没有权力的欲望,在几派的政治博弈当中保持中立;这个中立又不是真正的中立,用今天的话说,他具有某种人道主义的情怀,他总是同情被摧毁、被打击的一方,他总对那一方给予一些援助、一些温暖,是这么一个人。

这个人物年龄比曹雪芹略大,他的形象、气质应该就和《红楼梦》第十四、十五回所写的北静王是一样的。现实生活当中,允禧和曹家的关系是非常密切的;"天香楼"这个小说里的名字,和这个人是有关系的。

允禧是和雍正一辈的人,年龄小,辈分大;刚才说了,还有一个永璪,是乾隆的儿子,这么说来,永璪是允禧的孙辈。但他们确实有非同寻常的关系。乾隆即位后,为了维护皇族的团结,实行了一个"亲亲睦族"的政策,就是大家要和和睦睦地过日子。乾隆这样做是对的,不抚平前两朝留下的政治伤痕,怎么能巩固自己的统治呢?要巩固统治,首先就要把上层团结起来,所以当乾隆发现他的叔叔允禧死后家里就没有后代了,就把自己的一个儿子,就是这个永瑢,过继给了允禧,作为允禧的孙子。这样一来,这两个人就成了真正的直系嫡传的祖孙关系,所以他们实际上先后在同一个王府里面,承袭着同样的爵位。乾隆把永瑢过继给允禧显然也是经过深思熟虑的。永瑢很小的时候就到他这个叔爷家里玩儿过,应该也是一个喜欢吟诗作赋的人,后来还印行过《九思堂诗抄》。曹雪芹跟随曹頫去允禧府里做客,在永瑢过继给允禧之前,他们应该就见过面,曹雪芹对此印象很鲜明,所以他后来写书,就把他们祖孙两个人,合并成了一个艺术形象,就是北静王。

北静王出场后有一段话,当时他邀请贾宝玉到他的府里做客,他说:"小王虽不才,却多蒙海上众名士凡至都者,未有不另垂青目,是以寒第高人颇聚,令郎常去谈会谈会,则学问可以日进矣。"他没有政治野心,没有夺取最高权力的欲望,但是他在自己家里面搞了一个政治俱乐部,各地来的高人名士可以在他那里聚谈。站在皇帝的立场上,这是不能容忍的。但是北静王对此毫不避讳,他经常招集各地来的高人到他的府里高谈阔论,而且还邀请贾宝玉也去。在当时的社会生活中,允禧就是这样一个人物。他经常在他的府里举行诗会。一个人写诗很寂寞,咱们看《红楼梦》就知道了,大观园一共没几个人,探春还要发请柬,给每个人写一封信,把他们邀请来,组织一个诗社。现实生活中的允禧有这个条件,当然要这样做,所以就邀请了很多人去他府里。估计在乾隆元年,曹家小康以后,曹𫖯,还有少年时代的曹雪芹都去过,所以他们对允禧应该是很熟悉、很仰慕的,并且和常到他府里来的永瑢也是很熟的。所以曹雪芹最后就把允禧的形象和永瑢的名字结合在一起,构成了一个书中的艺术形象北静王。很显然,北静王是义忠亲王老千岁这一派的庇护伞。他本人可能对夺取皇权没有什么兴趣，但是他的情感是朝义忠亲王老千岁的余党这边倾斜的。

《红楼梦》里写贾宝玉路谒北静王，贾赦、贾政、贾珍他们表现得毕恭毕敬，这好理解，但是贾宝玉也表现得受宠若惊——贾宝玉是最厌恶国贼禄蠹，最害怕峨冠揖让的，对北静王，他却"每思相会"，听说北静王招呼他，"自是欢喜"，直至见到，举目一看，"面如美玉，目似明星，真好秀丽人物"。这就说明，在现实的生活中，曹雪芹对王侯将相的态度也是因人而异的。他不是一个搞政治的人，但他有自己的政治倾向，再加上他的审美趣味，是会对允禧、永瑢那样的皇族人物产生好感，甚至予以肯定、欣赏的。

曹雪芹写贾宝玉路谒北静王的时候，有这样的句子，可谓骇人听闻。北静王当时夸贾宝玉，说"令郎真乃龙驹凤雏"。这话已经很出格，书里的贾宝玉不过是一个员外郎的儿子，怎么能赞为"龙驹"？北静王又对贾政说："非小王在世翁前唐突，将来'雏凤清于老凤声',未可量也。"这倒没什么,但是接下来,曹雪芹就写贾政忙赔笑,有这么一句话:"赖藩郡馀祯。"这可真是大胆文笔!

先把这个句子里的后面四个字说一下。"藩郡"是对有王位的人的敬称。"馀祯"这个"祯"字,是康熙的十四阿哥名字里的一个字,当年康熙给他取的名字就叫胤祯。这十四阿哥跟四阿哥,也就是后来的雍正是一母所生,正因为如此,康熙给四阿哥取的名字是胤禛,"示"字边一个"真",十四阿哥的名字是"示"字边一个"贞",两个字字型(尤其是繁体)非常相近,读音也一样。雍正即位后,有一种说法在民间流传很广,就是说康熙把藏有传位密诏的匣子放在了乾清宫"正大光明"匾额后面,雍正趁康熙不省人事,让人把那匣子取了下来,打开一看,上面写着将皇位传给胤祯,于是就把"祯"字描改成了"禛"字;又有一种版本是说遗诏上写的是"传位十四阿哥",他把"十"改成了"于",变成了"传位于四阿哥"。这些说法,说明人们普遍怀疑雍正即位的合法性。当然,这些传说已经被清史专家否定了。首先，康熙朝并没有将传位遗诏放到乾清宫"正大光明"匾额后面的做法，那种做法，恰恰是雍正发明的；而且要篡改传位诏书没有那么简单。清朝的诏书，尤其是这样重要的文件，都是先用满文书写，然后再译成汉文的。在满文里，四阿哥的名字和十四阿哥的名字写出来差别很大，很难描改。

但是，也有清史专家指出，康熙晚年确实看重十四阿哥胤禵，有把皇位传给他的打算，后来这个念头表露得也很分明，因此雍正的登基，其实是一场宫廷政变。现在我们所能看到的传位遗诏，规格上倒是符合，有满文也有汉文，但疑点很多，很可能是事后伪造的。但事后不管怎么分析，雍正就是当成了皇帝。雍正当了皇帝后，十四阿哥就成了他的一大心病。但是十四阿哥毕竟与他是一母所生，于是他先让其去给康熙守陵，后来就拘禁起来，不过没有把他害死，但是告示天下，除了让他改"胤"为"允"，名字里的第二个字也得改，不允许"禵"字出现，谁要公开写出这个"禵"字，搞不好被他发现就要杀头。他把他这个同母弟弟的名字彻底改了，改成一个很怪的字，一个"示"字边，一个"是"，一个"页"，这个"是"的一捺拖得比较长，把"页"搁了进去，这个字就是"禔"（tí），最后他就把胤祯的名字改成了允禔。所以在雍正朝，人们写文章都要避免"祯"字。到乾隆朝的时候，虽然实行了怀柔政策，将允禔释放了出来，还封了爵位，但是乾隆仍然严格地执行他父皇的文字避忌。因此按说一个人在乾隆朝写书，是万万不能够在自己的笔下出现"祯"字的，而曹雪芹在写北静王的时候，就故意要把这个字放上去，各个古本在这点上没有差别，都是"藩郡馀祯"。

"藩郡馀祯"，这话表面上是什么意思呢？就是我们家宝玉确实有点如宝似玉，长得不错。是靠谁的福气呢？靠您。王爷您福气很大，还有富余，您剩下的一点福气到了我们家，这点余福就让我们家的孩子出落得这么好。这话表面是在向北静王谦虚，在那儿道谢，实际上不客气地说，就是露出了毒牙——你雍正皇帝不是不喜欢"祯"字吗？现在我写书就偏要把这个"祯"字白纸黑字写出来！所以曹雪芹确实不是想写一部政治小说，但是他们家的遭遇和三朝的政治斗争牵连得太紧密了，他们家不但跟废太子关系密切，和十四阿哥的关系也极为密切，所以雍正当了皇帝以后，他们心里头是不服气的，这种不服气通过上一辈，通过曹頫就会感染到曹雪芹，曹雪芹在写作的时候，时不时就会露出内心的怨恨。

还记得北静王见了贾宝玉，送了贾宝玉一个什么东西吗？鹡鸰香念珠。这是曹雪芹杜撰的一个名目。"鹡鸰"是一种鸟的名字，而且在古代汉语里面，它有兄弟的含义。所以说这里含有讽刺意味。水溶就说，这个香念珠是当今皇上给他的。元春省亲之后才是乾隆元年的故事，这个以后我还会再提供论据。从第一回到第十五回，曹雪芹在时序上时有混乱，而且有意无意地让它模糊不清，但是大体上可以推测出来，这一部分是写雍正朝的故事，或者说是写雍正刚刚暴毙，乾隆刚刚即位，那个时间段上的故事，包括秦可卿死了，贾宝玉路谒北静王，应该都是这段时间里的事情。十六回以后才是乾隆朝的故事。因此把这个鹡鸰香念珠送给北静王的皇帝，应该就是暗指雍正皇帝。曹雪芹敢不敢骂皇帝？敢。他骂皇帝什么？臭男人。他借林黛玉的嘴骂的。所以这个鹡鸰香念珠隐含着这样的讽刺：你还好意思把一串念珠叫作"鹡鸰"，你不但残杀了八阿哥、九阿哥，三阿哥也被整得死于禁所；十四阿哥，你同父同母的兄弟，也被你折磨得够呛；再底下，你整治的人就更多了，包括把你扶上皇位的隆科多和年羹尧，你都毫不留情。这么一个人，假惺惺地把一个鹡鸰香念珠，象征兄弟情谊的东西，给了北静王；北静王不要，给了贾宝玉；贾宝玉不懂事给了林黛玉。曹雪芹设计的这个情节非常巧妙，就由林黛玉来骂：什么臭男人拿过的，我不要！所以掷而不取。大大出了一口恶气。有人说，林黛玉骂"臭男人"，不是连北静王也一块儿骂了吗？而且，贾宝玉只是跟她说，那是北静王给的，林黛玉骂的臭男人不就是北静王吗？说得也对，这一笔描写，把林黛玉蔑视封建礼法价值观的叛逆性格鲜明地刻画出来了。但曹雪芹也是在客观叙述，前面是点明了鹡鸰香念珠的来历的。因此，曹雪芹这样写，就是骂皇帝是臭男人。

这就说明在《红楼梦》里面是有政治的，而且是两军对垒的。一派就是以义忠亲王老千岁为旗帜，以北静王为掩护，以冯紫英等人打前阵的一股政治力量，而且这股政治力量的人物还很多，我以后还会说到，它都是有埋伏的。这一派概括来说就是"义"字派，牵头的就是义忠亲王老千岁，突出一个"义"字。另外一派就是忠顺王府这一派。这一派写得比较模糊，仇都尉和他的儿子应该是这一派的，但杀出来短兵相接的，就是长史官到贾政这儿要人，要蒋玉菡。曹雪芹在这一派的命名上也很费苦心，是"顺"字派。两派的符码里都有一个"忠"字，两派对书里的太上皇，也就是现实生活里的康熙都没意见，都忠，但对所谓"当今"，态度就不同了。一派是顺从的，比较满意，所以曹雪芹给他取名叫忠顺王，"顺"字派；另一派是"义"字派，义忠亲王老千岁。"顺"，代表着对皇权的顺从和拥护;"义",则是面对不义,愤而起来要主持正义。《红楼梦》里有很多笔墨写到了那些日常生活的流水账,无非是吃饭、作诗、看花,但那些文字背后隐藏着重大的时代背景、历史背景。

在《红楼梦》里,我们可以找到两派政治力量互相激荡的痕迹。贾府跟"义"字派是一头的,跟北静王的关系尤其密切。北静王府和贾府的关系密切到什么程度呢?在小说后面有很多透露,有些也还值得拿出来一说。比如说在第五十五回,好像很随便地写到了一句,宫中有一位太妃欠安。太妃就是当今皇帝的母亲那一辈的妃子。可是到了第五十八回,说上回所表的那位老太妃已薨——前面不是说一个太妃病了吗?死的就应该是太妃,怎么又成了老太妃呢?其实这说的是一个人:康熙的妃子在雍正朝是太妃,到了乾隆朝,她还没死,就成了老太妃。能活那么久吗?的确有活得久的,康熙有一位妃子活了九十七岁。《红楼梦》里面写到的雍正朝的太妃、乾隆朝的老太妃,可以考证出来。

因为在《红楼梦》第五十五回、五十八回已经写到乾隆二年的故事了。乾隆二年，确实有一位康熙当年的嫔薨了，确实是大办丧事。这就说明《红楼梦》写所谓太妃、老太妃薨的事，也是有生活原型的。

这个老太妃的生活原型是个嫔，比妃低一格，陈氏，一个汉族女子。这个陈氏的父亲都可以查出名字来，叫陈玉卿，江南人士。曹雪芹为什么要写这个陈氏呢？为什么要把现实生活中的这样一个好像无足轻重的角色，搁到小说里面来写呢？而且有一段文字就更古怪了，他写这个老太妃薨了以后，朝廷大办丧事，像贾母虽然年纪大了，但她是诰命夫人，还有邢夫人、王夫人，这些人都要一起去参与这个丧事，就要离开自己的府邸，到办丧事的地方，而且还要住下来。她们怎么住呢？第五十八回有一段文字，说他们寻找下处，下处就是参加完祭奠活动后歇息的住处。他们找到的下处是一个大官的家庙，房舍极多极干净，有东院有西院，荣府便赁了东院，北静王便赁了西院，太妃、少妃每日宴息，见贾母等住东院，同出同入都有照应。这段文字很古怪。根据小说里面的描写，贾府地位并不高。贾代善死后，就是贾赦袭了一个爵，无非就是一等将军。而北静王何等尊贵，两家合住一个大院子。而且在中国的封建社会，以东为贵。有人说不对吧，慈禧太后不是西太后吗，她不是挺厉害吗？那是她本人厉害，在东太后活着的时候，东太后地位比她高，只是因为东太后这个人很善良、很懦弱，权柄就落到西宫的手里了，而且东太后后来又死了。按旧时讲究，确实是东比西贵。

《红楼梦》是一个自叙性、自传性的小说，曹雪芹的创作素材基本上就是曹家在那个时代的生活，他写这些事情都有生活原型。曹寅和李煦表面上是织造，实际上他们还负有非常重要的秘密任务，包括给康熙从汉族的女子当中选择妃嫔。这是有史料记载的，可以从李煦的奏折当中查到。康熙有一个嫔姓王，汉族。王氏的母亲姓黄，死了，李煦就专门写了一个奏折上奏康熙，康熙这种私人的事就是由他们来处理的。之所以给陈氏大办丧事，是因为她就是二十一阿哥允禧的生母。康熙和曹寅是一辈的，转化到小说当中，就是和贾母是一辈的；允禧和雍正是一辈的，就是比贾母的原型矮一辈了。而且陈氏很可能就是曹家选拔进宫的，所以她的儿子，对曹家绝对是非常感激的，甚至由于这一宗族的老前辈还在，于是就让他们住东院，自己这边的太妃、少妃就去住西院。当然我们说的是小说当中的人物。实际上现实生活中，这两组人物就是这样一种相处方式，被曹雪芹很认真地、纪实性地写到了小说里面。

《红楼梦》里的"天香楼"很显然就来自允禧的"天香庭院"匾；《红楼梦》里面一会儿说太妃、一会儿说老太妃的那位妃子薨了以后的丧事中，北静王府和贾府临时居住的情况，反映出当时的曹家和允禧之间有着非常微妙的关系。总而言之，我们在一番寻找后，终于找到了和曹雪芹他们家族关系最密切的几个皇族的分支，秦可卿的原型一定就在这些分支当中。

秦可卿原型（上）

要把秦可卿的原型搞清楚，需要从康、雍、乾三朝的政治斗争当中寻找线索。现在其实已经可以说接近水落石出了。经过一番"柳暗花明"，我们已经走到了秦可卿的"又一村"。现在我们稍微回顾一下前面对这个问题的探讨历程。

我们首先从贾府的婚配入手，一步步走近秦可卿的生活原型。通过层层剥笋般地分析，终于得出一个结论，就是秦可卿不可能是养生堂抱来的弃婴，不可能是在一个小官吏家长大成人，然后嫁到宁国府，成为贾蓉的妻子。她的真实出身，不仅并不寒微,甚至还高于贾府,应该说出身极其高贵,很可能来自宫中,是皇族的血脉。所谓由小官吏抱养,也确实找了个小官吏来充当幌子,但从根本上说,那是对外施放的烟幕。她应该很小的时候就被隐藏到宁国府,作为童养媳,精心加以培养,并且与她的真实的背景家庭,也还一直有着联系。然后我们又抽丝剥茧般,发现《红楼梦》虽然托言无朝代年纪可考,其实这部书的时代背景是大可考据的。经考据,得出的结论是:《红楼梦》描写的社会背景,就是清代康熙、雍正、乾隆三朝,书里把康熙、雍正、乾隆三个皇帝合并在一起写,重点写的是乾隆朝,"当今"这个"日",和潜在的敌对政治势力"月",构成了紧张的"双悬日月照乾坤"的形势。在真实的生活中,就是被康熙两立两废的太子胤礽,和胤礽的嫡长子弘皙,他们那一派势力,总想取乾隆而代之。他们被曹雪芹艺术性地演化到书里,就是义忠亲王老千岁、北静王、冯紫英等。书里面也出现了忠顺王那样的角色,跟北静王,跟"义"字派,或者说"月"派,尖锐对立,双方的摩擦乃至冲突，震荡波一直辐射到贾府，造成宝玉被痛笞，皮开肉绽。总而言之，在康、雍、乾这三朝的皇族之中，存在着两股敌对的政治势力，而秦可卿这个人物的生活原型，显然与其中的一股有着密切的联系。

经过这样一番梳理，秦可卿的生活原型已经基本浮出水面。

但《红楼梦》的文本里，仍然存有一些至关重要的疑点需要进一步探究，这些疑点的解密，对揭示秦可卿的生活原型有着关键的作用。比如之前谈到秦可卿的生存时，我就提到，有一点特别令人困惑不解：如果秦可卿出身真的那么低贱，贾母怎么会对她极为满意，认为她是重孙媳中第一得意之人？还有，秦可卿的卧室陈设为什么那么古怪，曹雪芹用这样的笔墨，究竟在向读者暗示什么？

秦可卿是在第五回出场的，通过贾母认定她乃重孙媳中第一得意之人，以及她卧室的布置，我们隐约知道，秦可卿的出身是高于贾府的，能给贾府带来好处，令贾母很满意；她很有可能是一个公主级的人物,最起码是郡主级,是皇家的血肉。对秦可卿卧室陈设的分析,现在略做补充,曹雪芹特别写到,秦可卿安排贾宝玉午睡,还"亲自展开了西子浣过的纱衾,移了红娘抱过的鸳枕"。西子就是西施,意味着一种政治阴谋,她不是一般的女性,她在政治上具有颠覆性。那么红娘呢?也不是一般的丫头,红娘能够成就好事,是一种中间的媒介,可以把两方面撮合到一起,使双方得到好处。所以像这样一些符码都暗示我们秦可卿高于贾府的出身,其中含有某种政治阴谋色彩,并且能够使贾府从中谋取利益。

常有人说,读《红楼梦》里关于秦可卿的文字,总觉得她很神秘。其实构成她的神秘性的因素之一,就是她身上含有某种政治阴谋色彩。之前讲秦可卿的出身的时候,提到一个情节,就是书中第七回薛姨妈派周瑞家的送宫花,贾府里的其他小姐、媳妇,对宫花或者平淡或者调侃甚至挑剔,秦可卿接受宫花的情况没有明写,但恰恰在这一回,有一首回前诗,透露出在所有这些接受宫花的人里，有一位惜花人，她跟宫花有一种特殊的"相逢"关系，这个人"家住江南姓本秦"。家住江南，现在暂且不讨论，在十二枝宫花的接收者中，只有一个人姓秦，就是秦可卿。秦可卿既然本属宫中的人，宫花送到她手中，是她跟宫花喜相逢，那她为什么不能公开她的真实血统、真实身份呢？那本来应该是很光荣的啊。为什么要隐瞒呢？为什么要放出烟幕，说她是养生堂的弃婴，是由小官吏抱养的呢？可见这里面有不能公开的隐情，而且事关重大。

《红楼梦》第十回，秦可卿突然病了，得了什么病，书中交代得很含糊。冯紫英便向贾珍推荐他幼时从学的一个先生，名叫张友士，是上京给儿子捐官的，兼通医理，可以给秦可卿看看病。于是《红楼梦》第十回就出现了一个"张太医论病细穷源"的情节。张友士为什么叫张太医呢？他与秦可卿究竟有什么深层的关系？

秦可卿的病症，乍听乍看，很像是怀孕了，邢夫人就做出过这样的判断。但是后来我们知道，她没有怀孕,是月经不调,内分泌紊乱,吃不下睡不好,人消耗得瘦弱不堪。用今天的临床医学的观点来衡量,她应该是神经系统的毛病,心理上的病症,主要表现为焦虑、抑郁。她为什么好端端地突然就焦虑、抑郁了?宗族的老祖宗贾母对她不是挺好吗,认为她是第一得意之人;她婆婆对她也很好啊,连荣国府的王熙凤都对她那么样地百般呵护,上上下下的人对她都很好,怎么就焦虑起来了呢?然后就写到因为病了要看病,三四个人一日轮流着倒有四五遍来看脉。很离奇,哪有这么看病的,这不折腾死人吗?说弄得一日换四五遍衣服,坐起来看大夫,每看一次大夫就要换一套衣裳,这很古怪。得病得的怪,看病的方式也很古怪。

最后就来了一个张友士。我们知道,《红楼梦》的人名都是采取谐音、暗喻的命名方式,有的时候一个人的名字就谐一个意思,有的时候是几个人的名字合起来谐一个意思。张"友士"显然谐的是"有事"这两个字的音。那么这个姓张的,他有什么事呢?在前面已经点明了,第十回回目当中写的是"张太医论病细穷源",但是在第十回正文里面又写得明明白白,他的公开身份不是太医,他有事,就忽然以这个太医的身份跑到贾府来了。他有什么事?他论病细穷源,论的什么病?穷的什么源?值得探究。

仔细研究《红楼梦》的文本,我就感觉到,秦可卿这个角色的原型不但是皇族的成员,而且应该是皇族当中不得意的那一支脉的成员。她是一个具有某种阴谋色彩的人物,在皇族和贾家之间具有某种红娘的作用,某种媒介的作用;她得病,突然焦虑和抑郁,并不是因为贾家的人对她不好,而是因为某个她自己的背景方面传来的重要信息,这应该是一个胜负未定,而且还很可能会暂时失利的、不祥的信息。

而这个时候,忽然来了一个重量级人物给她看病。这个人物表面上说是冯紫英幼时从学的一个先生,目的是上京给儿子捐官,却有一个奇怪的身份说是太医,所以我就估计在八十回后,这个人物一定会以太医的身份出现;否则在那么多的古本当中，本来有那么多的回目出现不同的文字，而在"张太医"这三个字上，所有古本却都一致。

只有皇帝才能够设太医院，那里面的大夫才能叫太医。这位张友士怎么能叫太医呢？《红楼梦》里写到了好几位正式的太医。贾府那样的人家，府里主子生病了，有权让太医院派太医来诊视，这也是皇帝赐予这些封爵的高级贵族的一种医疗待遇。第四十二回写贾母欠安，请来了太医院的太医，穿着六品官服。贾母见了他，派头很大，问他姓什么，说姓王，贾母就摆老资格，说"当日太医院正堂王君效，好脉息"，那王太医忙躬身低头，回答她"那是晚生家叔祖"。太医是要穿官服的，而且贾府请太医来看病是很平常的事，这么一对比，张友士就太不对头了。这么一个人，怎么会在回目上锁定他是太医呢？

之前我们说过，现实生活中，有一个人擅立内务府七司，设置了一系列和皇帝完全一样的机构，这个人就是废太子的儿子弘晳。从血缘上讲，他是康熙的嫡长孙。他当时住在郑家庄，身份是亲王，但是他擅自按照宫廷的规格给自己设置了各种机构。他既然可以设立内务府七司，当然也可以设立一个机构，给自己看病，就叫太医院。因此，从生活的真实到艺术的真实，曹雪芹就构思出了这么一个角色，这位张友士应该就是来自这个系统的一个人物。也就是说，张友士的生活原型，应该是弘皙在郑家庄擅自成立的小朝廷的太医院里的一个人物。这么一个人物，变成了小说里参与阴谋活动的角色。他进京以后，当然不能公开说，我来自一个另外的朝廷，我是那儿的太医，于是他就说自己是上京捐官的。住在谁家里呢？就住在冯紫英家。这是我们之前一再讲到的，《红楼梦》里有两股政治势力，一股是以义忠亲王老千岁及其同情者、庇护者组成的，"义"字的一派；另一派是以忠顺王府为代表的"顺"字的一派。这个张友士显然就是"义"字派中的一个人物，跟冯紫英是一伙的。于是，在第十回，他就出现在了秦可卿面前，给她号脉，看病。

以太医身份出现的张友士，在给秦可卿号了脉看完病后，还开列了一个长长的药方。红学界在有关张友士行医的情节上有不同的见解。有人认为这个情节并没有什么特别的用意，书中贾珍、贾蓉对这一江湖游医的客气，也只是反映了当时人们的观念是尊重业余的而非专业的；还有人说这是作者富有游戏性的即兴笔墨，没有更深的内容可考；至于书中的药方，也只是作者借此显示自己的学识渊博，不足深究。但是，如果真是如此的话，曹雪芹为什么花这么大气力来写"张太医论病细穷源"呢？药方当中是不是隐藏了什么秘密呢？

脂砚斋批语里透露，《红楼梦》里原来有很多药方，据说原来在写林黛玉的时候，从第二十三回以后，回回都要开一个药方，以显示林黛玉的病越来越重。这条脂批在第二十八回回后，它说"自'闻曲'回以后，回回写药方，是白描颦儿添病也"。"闻曲"就是林黛玉葬花以后，听到梨香院里传来十二个唱戏的女孩正在练唱，她听到了《牡丹亭》里的曲子，如痴如醉。但是我们看到的古本《红楼梦》里，没有给林黛玉开的任何药方；因此也有专家认为，那条脂批的断句，应该是"自'闻曲'回以后，回回写药，方是白描颦儿添病也"。可是现在我们看到的文字里，也并不是回回写到跟林黛玉有关的药。这就说明，曹雪芹在披阅十载、增删五次的过程中，反复调整已写出的文字，把书中其他的药方都删除了，把有关林黛玉用药的文字也精简了。现在我们看到的前八十回里，作为作者的叙述文字开出的药方，就只有张友士给秦可卿开的这一个。曹雪芹在调整文本的时候，始终没有把这个药方删除。究竟这个药方有没有深意？它究竟传递着什么样的信息？

我们都知道曹雪芹有一个惯常的写作方式，就是通过谐音，还有所谓拆字法，来隐喻。谐音好懂，什么是拆字？比如说金陵十二钗册页里面写到王熙凤，"一从二令三人木"。"三人木"就是一个拆字法。"人木"就是"休"字，透露出最后王熙凤是被贾琏给休掉了。曹雪芹往往在文本里面用谐音、拆字这样的手段向读者透露一些信息。因此，很多研究者也就顺着这个路子去探究张太医的这个药方,甚至有的人已经把整个药方都破解出来了。

我也研究这个药方,但还不成熟,在这里就不展开谈了,只说药方里的头几味药——人参、白术、云苓、熟地、归身。我也认为,这个药方应该是秦可卿真实的背景家族跟她,跟宁国府秘密联络时亮出的一个密语单子。

张友士给秦可卿看完病,贾蓉就问他,病人能不能好。张友士说人病到这个地步,非一朝一夕的症候,"依小弟看来,今年一冬是不相干的,总是过了春分就可望痊愈了"。曹雪芹接下来就写,贾蓉也是一个明白人,也就不往下问了。这种叙述文本就告诉我们,这不是正常医生的话,实际上他所传递的,是某种非医疗诊断的信息。因此我们从这样的文本,也就可以进一步做出判断,秦可卿的原型应该属于一个皇族的分支,在当今皇帝当朝的时候,是被打击、被排挤的一支;而这一支又很不甘心,想颠覆现在皇帝的皇位。这个阴谋集团中有各种各样的人物,张友士也是其中之一,他负责来跟宁国府,跟秦可卿秘密联系。这样,秦可卿的真实的皇族身份就又清晰了一步。

药方的头一句如果用谐音解释的话，人参、白术，按我的思路，应该代表她的父母；如果父母不在了，也可能代表她的兄嫂，俗话说"长兄如父"；或者她父亲没有了，母亲还在，哥哥还在，就代表她的母亲和兄长。人参，这个"参"，可以理解成天上的星星，人已经化为星辰了，高高在上，可以理解为象征长辈；白术，作为一味中药，术的读音应该是zhú。但是曹雪芹从南方来到北京，他还保留着不少江南人的发音习惯，张爱玲在她的那本《红楼梦魇》里面举出过很多例子，吴语里zhú和"宿"的发音很接近，因此"白术"也可以理解成"白宿"，"宿"也有星辰的意思，白昼的星辰。当然，星宿的"宿"，正确的发音又要读成xiù。总之，我觉得"参"和"术"都隐含着星辰的意思。之前已经说过，在《红楼梦》中，月喻太子；星月同辉，中秋夜黛玉和湘云在凹晶馆联诗，星、月的含义是相通的。因此，这药方里的头四个字，代表着秦可卿家里的长辈，她的父母，她的兄长。

如果说理解头两味药的谐音转义比较费劲，那么，下面把第三味药的两个字拆开，与前后两味药连成句子，那意思就很直白了："人参白术云：苓熟地归身。"意思就是她的父母说，"苓熟地归身"，也即命令她，在关键时刻，在她生长的熟悉的地方，结束她的生命。为什么？在皇族的权力斗争中，她的家族做出了一个很恐怖的决定，让她牺牲自己，延缓双方冲突的时机。所以她后来淫丧天香楼，画梁春尽落香尘。她的病，原来是政治病；她的死，原来是政治原因，这个角色在书里就是这样的。之后我们还会讲到，为什么她必须死，为什么她死了，义忠亲王老千岁一派就有喘息的机会；而她的死，虽然延缓了双方的冲突，但斗争仍在继续；到最后，她的事情仍旧被"当今"追究，"月落乌啼霜满天"，太阳获得了绝对的胜利，书里面的贾府也就彻底倾覆，那也应该是整个"义"字派的陨灭，"白骨如山忘姓氏，无非公子与红妆"，"落了片白茫茫大地真干净"。把这些弄清楚，我们就更接近她的生活原型了。

张友士开药方的时候，她的父母兄长已经处于困境当中，不但被当今皇帝排斥，而且想夺权又障碍重重，很难得逞，甚至不得不牺牲掉一些东西，乃至牺牲掉自己亲生的女儿、自己的亲妹妹。这一回的文字笼罩着浓重的阴影，调子十分沉重，怎么能说是没有深意的游戏笔墨呢？

当然，我对张友士这个药方的解读，到目前为止还没有十分的把握，说出这些想法，仅供大家参考。我对自己原型研究的总体判断有相当的把握，但具体到对这个药方的解读，现在只能提供一个初步的思路。

张友士看完病不久，秦可卿就死掉了。秦可卿究竟得了什么病，张友士并没有指出来，只是说，"今年一冬是不相干的，总是过了春分就可望痊愈了"。表面上，秦可卿得的病并无大碍，很快就会好起来，但是随后不久，秦可卿却选择了死亡。这是为什么？而且为什么张友士说"今年一冬是不相干的"，为什么冬天就不相干，为什么"总是过了春分就可望痊愈了"？而且后面写秦可卿的死，模模糊糊是刮大风的时候，应该是在秋天。为什么总是在春秋时分决定这样人物的命运？

之前已经说过，清朝皇帝有一种很重要的活动，就是春秋两季木兰的围猎，其中最重要的是秋狝。所以一般来说，冬天就比较平静，因为在围猎的时候，特别是在春天比较小规模狩猎的时候，反对派是最容易下手的。因此这个张友士实际上就是秦可卿的家族派来的一个跟她接头的密探。当然这个话是当着贾蓉说的。"今年一冬是不相干的"——这一冬双方可能都按兵不动；"总是过了春分就可望痊愈了"——春天那次皇帝的狩猎如果这方面准备得充分的话，就有可能把皇帝除掉，从而成功掌握政权。

之前我们提到过，冯紫英说春天他跟着他父亲去过围场，来回至少有一个多星期，甚至个把月，脸上还留下了轻伤，回来后他说，大不幸中又大幸。这就说明，他们尝试过一次，那段故事应该发生在乾隆元年，那一年的春天，"义"字派聚集过一次力量，做过一次尝试，没有能够成功。当然，秦可卿之死这段故事，发生在我说的这个情节之前。这就说明，反对派在每一次皇帝出去行猎的时候，都曾经踏勘过地形，做过事先的准备，甚至有过一些尝试，可是都被挫败了。所幸还没有被皇帝彻底侦破，没有遭到毁灭性打击，所以他们只能暂时收缩，牺牲一些利益，甚至牺牲一些本族人员，来维持一个可以再一次积蓄力量的局面。

因此，我们就可以知道，秦可卿的原型应该是一个不幸的公主。她的家族如果登上皇位，她就是正儿八经的公主。她得的是政治病，她隶属的那一支皇族在权力斗争当中处于劣势，而且几次向皇位的冲击都没有得逞，因此给她传递了一个很糟糕的信息，就是在必要时候让她顾全大局，自尽而死，以为缓兵之计。这就是秦可卿这个角色在小说里面的尴尬处境；她的原型，在现实生活里面应该也处于类似的很困难的境地。

在秦可卿身上，除了她扑朔迷离的身世，更让人说长道短的，莫过于她和她的公公贾珍之间的关系。在现存的《红楼梦》文本里，对这一关系的描写比较奇怪，我们之前在讲到秦可卿的生存时特别提出了这一点。生性耿直的焦大在故事开始时就很明白地骂了出来。从《红楼梦》里的描写来看，秦可卿和贾珍之间的暧昧关系在宁国府里已是不争的事实，可身为婆婆的尤氏却睁一眼闭一眼，贾府里其他的人也都对此心照不宣，这又是为什么？

在第七回下半回，就写到焦大醉骂，这个大家都应该印象很深。焦大醉骂有两句难听的话，其中一句已经分析过了，就是"爬灰的爬灰"，这是骂贾珍和秦可卿之间有不正当关系。还有一句"养小叔子的养小叔子"，这个话就比较费猜测。有人猜测说，他可能骂凤姐和宝玉呢。王熙凤是贾宝玉的嫂子，贾宝玉确实是王熙凤的小叔子，所以有人认为这句话是骂王熙凤和贾宝玉有不正当关系。但是从书中描写来看，证据不足，也很难说焦大就是骂他们俩。而且书里写了，骂的时候，大家都听见了，贾宝玉当时只问，什么叫爬灰，没有问什么叫养小叔子。难道是贾宝玉知道自己是小叔子那个角色吗？显然不是这样的，所以这一点也值得推敲。

秦可卿和贾珍之间究竟是怎样一种关系，这个是历代读者都特别感兴趣的，因为它构成了一种非常复杂的互动关系，是值得我们探究的。

有的红迷朋友始终不能原谅秦可卿，更不能原谅贾珍，说乱伦，多丑恶啊，连焦大这种水平的人都骂他们，我能不骂吗？我也得跟着骂！曹禺的大作《雷雨》里有一份重要的爱情，是周萍和繁漪之间的爱情，是儿子爱后妈，是后妈爱前夫的大儿子，是乱伦。大家都很理解，很同情。那为什么我们能够接受周萍和繁漪的爱情，却无法容忍贾珍和秦可卿之间的感情呢？更何况秦可卿之所以到贾府来，是避难来了，是她的家庭在皇权斗争当中失利了，家里在某种特定情况下，必须把她隐藏起来，因此谎称她是养生堂的弃婴；直接送到贾家不方便，贾政，小说里面写他是工部员外郎，找了自己的一个下属，一个营缮郎，这个小官员是贾政的直接下属，假称这个营缮郎因为无儿无女，抱养了一对儿女，女孩就是秦可卿，暂时寄存在贾家。秦可卿寄存到贾家时贾珍已经结婚，有了正妻尤氏，因此在名分上，只能把她说成是贾蓉的妻子。

而实际上秦可卿这个角色，她的生活原型的辈分，和贾珍是同辈的，两人并不乱伦。为什么这么说？之前反复说过，从人物的生活原型到曹家的真实情况，到小说里面的艺术角色，它的人物辈分是匹配的，这里再重复一下：义忠亲王老千岁，小说里面出现的一个名称，生活原型就是康熙朝的废太子，就是胤礽，后来被雍正改名为允礽，他的儿子是弘皙；在曹家，曹頫跟废太子是同辈的，在小说里面对应着贾敬、贾政、贾赦这一辈；胤礽生下的儿子就是弘皙，如果说他生下女儿，也就是弘皙的妹妹的话，在生活当中就应该对应曹雪芹这一辈，在小说中对应的就是贾宝玉这一辈。小说里面跟贾宝玉一辈的，在宁国府就是贾珍，在荣国府有贾琏、贾环等。所以说，如果秦可卿的生活原型是废太子家族的，是弘皙的妹妹，那么她的辈分挪移到《红楼梦》里，就跟贾珍是一辈人，和宝玉也是一辈人。因此，为什么曹雪芹放手写贾珍和秦可卿的感情，就是因为在他心目中并不认为这是乱伦，他只是认为这是一种畸恋。

从小说里的描写可以隐约感觉到,秦可卿的年龄实际上比贾蓉大,比贾宝玉更大。当然她比贾珍要小一些,她出场的时候应该是二十岁上下。她寄存到贾府时,很可能就是和贾珍一辈的,而贾珍是知道的。她跟贾蓉是名分上的夫妻。在小说里面可以看到,贾蓉和秦可卿根本就没有同房过夫妻生活的迹象。第五回写宝玉要午睡,秦可卿先带他"来至上房内间",那可能是贾珍和尤氏的住房,宝玉不喜欢那里头的气氛,秦可卿就说"不然到我屋里去罢"。这时候还写了有一个嬷嬷插嘴,她觉得不妥,忍不住就劝谏秦可卿,至少有两种古本里,那句劝谏的话是这么说的:"那里有个叔叔往侄儿媳妇房里睡觉的理?"现在通行本里也是这么写的。但秦可卿满不在乎,就把宝玉往她卧室里带。要特别注意,书里一再强调是秦可卿的卧室,都没有说到贾蓉的卧室去。按过去封建社会的规矩和语言习惯,不能说卧室是媳妇的,一定要说是丈夫的,比如说到贾政的房间,到贾赦的内室,等等。但秦可卿就公开说那是她的卧室。这就说明,她在宁国府里有很独特的生活方式,她多半是住在自己的房间里,跟贾蓉只是名分上的夫妻,而且这一点阖府上下应该都是比较清楚的。

当然,在宁国府里,应该也有一处贾蓉的居室,必要的时候,秦可卿也会在那里,书里写张友士来给秦可卿看病,就用了那个房间。秦氏的卧室,有时候贾蓉也会去,比如王熙凤和宝玉去探视生病的秦可卿,贾蓉也陪着进去。但书里写贾蓉与秦可卿的夫妻关系相当含混,相敬如宾有余,男欢女爱了无痕迹。

焦大之所以跳着脚骂,当然是因为管家竟然把苦差事派给了他,他又正喝醉了酒。但焦大是跟着宁国公为皇家立过汗马功劳的人,他是有政治头脑的。他骂"爬灰的爬灰",当然是骂贾珍,因为从名分上贾珍和秦可卿是公媳,偷媳妇是不对的。而且他应该知道秦可卿的真实身份,知道藏匿秦可卿这件事的分量。他认为贾珍既然把秦可卿当作贾蓉的媳妇藏匿起来,就应该负责任,就应该扮演好公公这个角色,以等待秦可卿的家族获取最后的胜利,给宁国公在天之灵争口气。却"那里承望到如今生下这些畜生来",居然都是些败家子。贾珍就是头一个败家的畜生,跟秦可卿乱搞,坏了大事!

那他骂"养小叔子的养小叔子",骂的是谁呢?我认为,他骂的是秦可卿和贾宝玉。他知道秦可卿和宝玉是一辈的,秦可卿实际上是贾珍隐秘的妻子,宝玉是贾珍的堂弟,是她的小叔子。即使不去考虑贾珍跟秦可卿的隐秘关系,就从秦可卿家族辈分与贾氏家族辈分的匹配关系上看,秦可卿主动去跟贾宝玉发生关系,不管她嫁的是谁,都是养小叔子的行为。注意,"爬灰的爬灰",谴责的重点在偷媳妇的公公,而"养小叔子的养小叔子",谴责的重点不在小叔子,而在那个越轨的女性。焦大知道秦可卿以矮一辈的身份藏匿在宁国府,是负有使命的,她应该静待家族胜利的消息,应该最后为贾家带来好处,然而他发现这个女子竟然置自己的神圣使命不顾,在自己的卧室里跟贾宝玉乱搞,他真是痛心疾首啊!

书里写道，焦大骂时还说："我要往祠堂里哭太爷去！"最后还高喊："我什么不知道！咱们'胳膊折了往袖子里藏'！"只差一点，就忍不住要把秦可卿的真实出身叫嚷出来了。众小厮往他嘴里填满了土和马粪，才中止了他的叫骂。曹雪芹写这一段显然是有深意的。

秦可卿这个形象确实有不安分的一面，往好了说，是浪漫；往坏了说，就是淫荡。有红迷朋友问，如果秦可卿真是皇家的骨血，藏匿到宁国府以后，贾珍怎么敢欺负她呢？贾珍是一个七情六欲都很旺盛的男子，颇有阳刚之气，胆大妄为，恣行无忌，虽然他知道藏匿秦可卿事关重大，但当秦可卿一天天在他眼前长大，出落得风流袅娜以后，他是无法克制自己的情欲的；而且他会觉得，关起宁国府大门，在那高高的围墙里，他怎么行事谁也管不着他，他也并不以为那就会坏掉宗族所期待的"好事"。而且，曹雪芹虽然对贾珍、秦可卿的恋情写得很含蓄，后来又删去了大段文字，更令人如堕雾中，但我们读那些有关的文字，还是能品出味来，就是秦可卿对贾珍有主动的一面，很难说是贾珍强迫了她。这就跟《雷雨》里的繁漪和周萍一样，很难说究竟谁欺负了谁，谁勾引了谁。曹雪芹其实是很客观地对待贾珍和秦可卿之间的恋情，什么应该不应该的，他们就那么相互爱恋了。生活、人性，就那么复杂，那么诡谲。

我们还要注意到，在第五回，警幻仙姑密授贾宝玉云雨之事，把其妹可卿许配与他，其实就是暗写，秦可卿作为宝玉的性启蒙者，使他尝到云雨情，所以之后贾宝玉和袭人不是一试云雨情，而是二试了。过去有评家老早指出过这一点了。有的读者对曹雪芹这样写也不大能接受，觉得那不是流氓教唆吗？其实在中国古典文学里面，在《红楼梦》以前的白话小说里，像《金瓶梅》，写性爱，是非常直露的，甚至可以说是相当色情。《红楼梦》干净得太多了，色情文字很少，就是写到性行为，也尽量含蓄。比如周瑞家的送宫花，大中午的，贾琏戏熙凤，完全是暗场处理，脂砚斋说那是一种"柳藏鹦鹉语方知"的手法；还有一处，写贾琏忽然跟王熙凤说:"只是昨儿晚上,我不过是要改个样儿,你就扭手扭脚的。"凤姐嗤的一声笑了,啐了他一口,低下头便吃饭。这种含蓄的写法,是对《金瓶梅》那类作品的极大超越,是以情色文字替代了色情文字。当然《红楼梦》也有个别地方,可以说比较色情,如写贾琏跟多姑娘偷情,但那是为塑造贾琏这个艺术形象服务的,还引出了贾母"从小儿世人都打这么过的"的著名议论,使我们知道那个时代的主流观念,骨子里究竟是些什么。简言之,《红楼梦》写性,都是为塑造人物服务的。写贾宝玉在梦中被警幻仙姑以可卿加以点化,初尝性爱滋味,是为了展示贾宝玉这个人物的身心发展历程。曹雪芹写这一笔,是告诉我们贾宝玉生理上成熟了,但这时贾宝玉只是跟袭人偷尝禁果;他后来又写到贾宝玉心理的成熟和情感的成熟,与林黛玉之间有了真正的爱情,但对林黛玉没有一点轻佻的表现,那完全是精神上的共鸣,升华到了圣洁的层次。因此,不能认为他写秦可卿对贾宝玉的性启蒙是猥亵性的低俗文字。

秦可卿的"擅风情，秉月貌"，她与贾珍的暧昧关系，在宁国府并不是什么了不得的秘密。焦大醉骂，上下人等都听见了，尤氏当然也听见了，但尤氏无所谓，或许她心里不痛快，但表面上不动声色。因为尤氏知道，这个女子养在家里，决定着宁国府今后的前途。万一秦可卿的背景家族获得了政权，他们就是开国功臣，他们保存了这个家族宝贵的血脉，他们的荣华富贵就会升级，所以她对贾珍和秦可卿之间的暧昧关系，在秦可卿死前都容忍。只是在秦可卿死后，他们期盼的"好事"不幸"终了"，她才撂了挑子，说自己胃痛旧疾复发，躺在床上再不起来。后来是王熙凤过来，张罗本来该由她张罗的丧事。贾蓉和王熙凤都听到了焦大醉骂，他们不能容忍焦大再骂，却一样也容忍了贾珍与秦可卿的非正当关系。为什么？理由跟尤氏一样。

贾珍在秦可卿死后，并不掩饰他对秦可卿的痛惜，哭得泪人一般，还有一句话叫作恨不能代秦氏之死。如果仅仅是爱情，何至于到这个地步？他觉得这是葬送了宁国府很重大的政治前程。他很痛心，说"合家大小、远近亲友谁不知道我这媳妇比儿子还强十倍，如今伸腿去了，可见这长房内绝灭无人了"。然后别人问他怎么料理，他说"如何料理，不过尽我所有罢了"，还是拍着手，不是压低声音偷偷地说。他公开说，他不在乎。

秦可卿死后，用的是薛蟠提供的"坏了事"的义忠亲王老千岁留下的珍贵的樯木制成的棺材。她叶落归根了。这时候她真实的家族血缘实际上就揭示出来了。

秦可卿原型（下）

在对秦可卿真实身份的层层解读中，这一人物的原型已经浮出了水面，《红楼梦》里关于她的古怪文字，已逐步加以破解，但仍有一些疑问还没有完全解开。例如，如果秦可卿的原型真是一个公主级的人物，她是谁的女儿？在戒备森严的清宫大院，她如何能躲过搜查被送出宫并让人收养？为什么偏偏选择了曹家来收养这个女子？曹家为什么敢冒那么大的风险？在文字狱盛行的清朝，曹雪芹对政治避之不及，为何还要以这个女子为原型，塑造出秦可卿这样一个与政治有着重大干系的角色呢？

《红楼梦》是一部被删改过的作品，这是一个不争的事实。曹雪芹和脂砚斋多次披露，在《红楼梦》的创作中，由于某种不能说得太清楚的原因，实际上也就是非艺术性的考虑，而删减了内容。在对《红楼梦》细细的解读中，一个明显被删减的痕迹，就出现在第十三回。脂砚斋明确指出，这一回删去了"四五叶"之多。线装书的"一叶"，相当于现在书籍的两个页码。若以每个页码五百字计算，那被删去的就差不多有两千五百字左右。以曹雪芹的文笔，用一千三百五十个字就能让妙玉的形象活跳出来，而且还把妙玉与贾母，与刘姥姥，特别是与宝玉、黛玉和宝钗这些不同人物的互动关系生动地表现了出来，由此可以想见，第十三回删去的文字里该有多么丰富而生动的内容。确实这一回也就显得比较短，跟其他各回相比，在篇幅上不够匀称。

第十三回说的是秦可卿突然死亡，王熙凤协理宁国府丧事的故事。根据脂砚斋的批语，我们可以知道，这一回的回目原来是"秦可卿淫丧天香楼",因为删去了关于天香楼的文字,所以后来把回目改成了"秦可卿死封龙禁尉"。这在字面上也是说不通的,前面已经分析过,这里不再重复。

那么,第十三回被删去的究竟是些什么内容呢?一般人都猜测,一定写的是贾珍和秦可卿两个人的恋情,两人在天香楼上私会。我也认为会有这方面内容,但仅仅如此吗?肯定不止于此。如果只是这样的话,曹雪芹不至于把它删掉,不至于脂砚斋给他一出主意,就把这个删了,不可能。因为在《红楼梦》里面,有时候根据情节的需要,根据塑造人物的需要,他也写一些情色场面,写得也挺露骨的,比如贾琏和多姑娘偷情,那段文字脂砚斋就没提议删去,他来回地整理书稿,都没删。因此,可以判断删去的"四五叶"当中,既有贾珍和秦可卿两个人的恋情,又有必须删掉的政治性内容。

删去的文字里有政治性内容,可以从两个丫头的离奇表现看出来。秦可卿在天香楼上吊死了,两个丫头的反应很古怪。一个就是瑞珠。秦可卿死后,她触柱而亡。如果只是看见主子淫乱,何至于触柱而亡?贵族府邸里的那些老爷、少爷对这类事情是满不在乎的——无非是个下人,我当着你的面做这样的事,你能怎么着?贾敬吞丹死了,当时贾珍和贾蓉不在家,尤氏料理丧事。她把娘家的继母和两个妹子尤二姐、尤三姐接到了宁国府,帮忙照应一下。后来贾珍和贾蓉骑马赶回来了。贾蓉先回来,这时有很大一段文字描写,说他当着丫头婆子什么的就乱来。尤二姐、尤三姐虽然是他的姨母,但这两个人年龄也不是很大,又很漂亮,本身作风也不好,于是他就想占便宜。那一回里写到,旁边丫头还有劝的,说她两个虽小,到底也是姨母。贾蓉说你说得对,咱俩先亲一个,馋她两个。搂过丫头来就亲嘴,毫不避忌!当时在封建大家庭里,主子具有至高无上的地位,尤其是男主人,是不避讳这些丫头的。如果贾珍和秦可卿在天香楼上仅仅是乱性,被瑞珠撞见了,虽然也对瑞珠不利,但瑞珠不至于触柱而亡;她一定是听见了绝对不应该听见的话。那绝对不应该听见的话,应该就是秦可卿真实的出身，就是政治性的信息，也就是义忠亲王老千岁那一派的绝密信息。另一个丫头显然也听见了什么，那就是宝珠。宝珠不愿意死，她比瑞珠聪明，她采取了什么办法呢？一想秦可卿没有生育，没有子女，于是甘愿做她的义女，驾灵摔盆；后来秦可卿的灵柩被送到了铁槛寺，她就在那儿待下来，表示再也不回来了。这样一来贾珍就放心了。贾珍听说一个丫头触柱而亡，就知道这个人听见了政治性的机密信息了，但是她死了，死了就不会泄密了；另一个也打算永远闭嘴，永远闭嘴也好，于是就让她当了秦可卿的义女。贾珍将瑞珠以孙女的规格殓殡，又命令府里的仆人称宝珠为小姐。宝珠当然是没那个资格的，贾珍什么要这样做？其实就是暗暗感谢她们不泄露那个政治性机密。可见曹雪芹删去的"四五叶"文字里面会有关于秦可卿真实出身的信息，会有关于秦可卿的家族处境如何困难的一些描写。

曹雪芹写《红楼梦》，确实不是要写一部政治小说，再加上当时文字狱那么严酷，所以脂砚斋跟他说，你删去算了，不要有这些内容。脂砚斋有关的批语是这样写的："秦可卿淫丧天香楼，作者用史笔也。老朽因有魂托凤姐贾家后事二件，嫡是安富尊荣坐享人能想得到处，其事虽未漏，其言其意则令人悲切感服，姑赦之，因命芹溪删去。"经过前面那么多的分析，这条本来让我们觉得语意含混难解的批语，就比较好理解了。脂砚斋说曹雪芹写秦可卿用的是"史笔"，就是不顾情面，照实写来。这段批语的口气，完全是在说秦可卿的生活原型。脂砚斋的意思是，你如实地写本没有什么不对，这个人尽管没能完成原来预定的使命，但是临死前毕竟还是贡献出了很好的主意，这是那些只知道享福的人想不到的，她的这个好的表现你没有遗漏掉，给她写出来了，光是她的这些言语和一片心意就让人感动佩服了。那么，就姑且赦免她的"擅风情，秉月貌"吧，所以我让你删去她在天香楼上淫乱的这些文字。曹雪芹听取了脂砚斋的建议。他可能后来也觉得自己虽然有真实的生活依据，但是那样写出来，未免太残酷了，这个人物的原型本来就那么可怜，这些事帮她隐瞒算了，于是就把有关情节删了。当然，无论是脂砚斋还是曹雪芹，删减第十三回的重要动机，应该还是避免文字狱。这可不像"藩郡馀祯"或者"臭男人"那样，仅仅是只言片语，这可是大段的情节，还是删掉算了，但这个根本的动机他们又不能留下文字的痕迹。

红学有一个分支——版本学。《红楼梦》是一部有多种版本留世的作品，早期的手抄本大都叫作《石头记》，各种版本在文字上都有若干差别，研究这些差别，可以探寻出曹雪芹的原笔原意。有的版本出现的异文可能是眷抄者的手误，有些是人为的曲解，有的则是曹雪芹原笔原意的保留。仔细研究不同版本里的异文，是我们更准确地把握曹雪芹的创作意图的一个重要方法。那么，在《红楼梦》的各种版本里，有关秦可卿的文字，有没有特别值得注意的异文呢？在戚蓼生作序的《石头记》里，我就发现了一处在别的版本里被删掉的文字——回前诗。这首回前诗反映了曹雪芹真实的写作意图，作者对秦可卿这个人物的真实身份，在这首回前诗里是有所透露的。在蒙古王府本的《红楼梦》第十三回前面,也能找到这样一首回前诗,只有个别字跟戚序本不同。

戚序本《石头记》第十三回的四句回前诗是这么写的:"生死穷通何处真?英明难遏是精神。微密久藏偏自露,幻中梦里语惊人。"这四句什么意思呢?"生死穷通",不用解释了。小说里面写的这些,尤其是秦可卿以及相关人物的生生死死,穷穷通通,哪些是真的呢?回前诗中先自问一下。"英明难遏是精神",这文笔很英明,他不能都写出来,但是有一种精神,作者有一种精神上的倾向,他没有办法遏制;或者说秦可卿这个人物有她的英明之处,就是她临死也还有股精神,她难以遏制这股精神,她要发泄,结果就"微密久藏偏自露"。"微密久藏偏自露",这七个字太重要,也太露骨了,告诉我们,秦可卿的真实身份长久以来都是很隐秘的,但是在这一回里面偏偏要有所暴露,有所显示。那就是秦可卿给王熙凤托梦,"幻中梦里语惊人"。她显然是高于贾府的一个有广阔的政治眼光的人物。在梦里,她指点贾府,今后你们应该怎么办。我已经不行了,我要走了,但是我实际上是一场政治交易的产物。我死以后,你们家并不是马上也要遭灾,反而会有一桩喜事降临,会有"烈火烹油、鲜花着锦"的好事,但那也是瞬息的繁华,随之而来的就是"三春去后诸芳尽,各自须寻各自门"。所以这个人很厉害,"幻中梦里语惊人"。秦可卿这个人物的生活原型在这首回前诗里其实已经透露出来了。

关于秦可卿,在第七回还有一个细节,就是香菱被薛家强买后,又被带到京城,住到了贾家。当时周瑞家的看见了香菱,跟金钏说:"倒好个模样儿,竟有些像咱们家东府里蓉大奶奶的品格儿。"金钏立即表示她也有同感。曹雪芹写这一笔是有寓意的。香菱是个什么人呢?第一回里,甄士隐正抱着香菱玩,来了一僧一道,他们说:"施主,你把这有命无运、累及爹娘之物,抱在怀内作甚?"秦可卿就是一个有命无运、累及爹娘的人。她自己很清楚,她生在最不应该出生的时刻,给爹娘带来很大的麻烦。后来她虽然被隐秘地寄养在宁国府，但随时可能给爹娘招惹麻烦；而她的生死存亡，完全取决于她的家族能否在政治权力的博弈中获得胜利。她无法决定自己的命运，所以后来焦虑到极点，得了抑郁症。她自己说，任凭神仙也罢，治得病治不得命，她那有命无运的悲惨程度，甚至超过了香菱。

在第五回"游幻境指迷十二钗　饮仙醪曲演红楼梦"中，曹雪芹一连写了很多首册页诗，这些诗是金陵十二钗的判词；此外，又有《红楼梦》十二支曲，每一首诗、每一支曲，都暗示着书中人物后来的命运。虽然《红楼梦》是部残缺不全的作品，但是通过这些词曲中的暗示，读者能了解到这些人物的命运轨迹和最终结局，也能了解到作者对这些人物的态度和评价。在金陵十二钗正册最后一页的判词中，以及关于秦可卿的那支曲《好事终》中，曹雪芹概括了秦可卿的命运并对其有所评价。

金陵十二钗正册最后一页上画着高楼，应该是天香楼，一美人在高楼里悬梁自尽。这画面很明确地告诉我们,秦可卿不是病死在床上,她是上吊自尽的。配合这幅图画的判词一共四句。"情天情海幻情身",意味着秦可卿的家族背景是天和海。"情既相逢必主淫",这当然是说秦可卿跟贾珍相逢,双方都有情欲,必然就会有淫乱的事情发生。曹雪芹是用"秦"来谐"情"的,吴音里qín和qíng是不分的,"秦可卿"谐"情可轻",意思就是这种感情本来是应该轻视的,不必那么看重,但事实上却发生了——"秦可卿"又谐"情可倾"——过分倾注情感的事情。我以为,曹雪芹这样谐音,含义不是单一的,不光是说贾珍跟秦可卿的感情,也是在说贾家和"义"字派的感情,和"双悬日月"的那个"月"的感情,太过深厚了,结果就做出了藏匿秦可卿的事情。如此看重政治结盟的感情,也是不可取的。"情可轻不可倾",这是事后悟出的很沉痛的教训。下两句是"漫言不肖皆荣出,造衅开端实在宁"。这就说到秦可卿与贾府陨灭的因果关系了。如果秦可卿的问题只不过是跟贾珍有不正当的关系,那么她的生死存亡,跟荣、宁二府的兴衰安危能有多大关系呢？这两句实际上就点明了，不要以为后来贾家断送了前辈创下的家业，问题都出在荣国府，那祸根，实实在在是在宁国府这边；那滔天大罪，就是宁国府藏匿了秦可卿，而且不是谨慎小心地藏匿，贾珍又跟秦可卿发生了恋情，把事情弄复杂了，因此，最后贾府的倾覆，首要的罪责在宁国府。

《红楼梦》十二支曲，实际上加上引子和收尾，一共是十四支，第十二支名叫《好事终》，说的是秦可卿。"画梁春尽落香尘"，这是对秦可卿在天香楼悬梁自尽的诗化描绘。"擅风情，秉月貌，便是败家的根本"，是说秦可卿不安分，不该在藏匿期间跟贾珍淫乱。在这里我要提醒大家注意"秉月貌"的措辞，"月貌"当然是花容月貌的意思，就是说秦可卿非常美丽；但是之前我们已经反复说过了，在《红楼梦》的文本里，月喻太子，因此这样措辞，我以为也是在点明秦可卿跟"月"的亲缘关系。下面的句子跟判词一样，也说到秦可卿跟贾家败落的关系，"箕裘颓堕皆从敬，家事消亡首罪宁，宿孽总因情"。"家事消亡首罪宁"跟"造衅开端实在宁"意思一样，好懂。不好懂的是"箕裘颓堕皆从敬"，"箕"是簸箕，"裘"皮衣，古时用这两样东西代指家族的正经事，"箕裘颓堕"就是家族的正经事因为没有人打理，都乱套了。但是这怎么能说是贾敬的问题呢？贾敬跟秦可卿有什么关系？他根本就不在宁国府，而是跑到城外的道观里跟道士胡羼，炼丹，打算升天当神仙，怎么这支说秦可卿的曲子里竟会责备起他来了呢？应该说"箕裘颓堕皆从珍"才是啊。贾珍一味享乐，把宁国府都翻了过来，也没人敢管他；他又跟秦可卿乱来，他有责任嘛！这里怎么会不去说他，反倒说贾敬呢？

　　曹雪芹在关于秦可卿的这支曲里，就是要透露这样的信息，就是要告诉我们，对宁国府藏匿秦可卿这桩关系到家族命运的大事，贾敬竟然采取了逃避的态度。如果他负责的话，留在府里，起到抑制贾珍的作用，也许事情就不至于闹得那么乱，焦大也就不至于骂出那样一些丑事来。但是他逃避了，任凭"箕裘颓堕"，不闻不问，连府里给他过生日都坚决不回来。他对宁国府后来的倾覆，负有头等的罪责。这个贾敬应该也是有生活原型的，最初接收那个秦可卿原型的时候，他的父亲，也就是书里贾代化的原型还活着，跟贾代善、贾母的原型他们共同决策，决定由宁国府的原型来藏匿秦可卿的原型。做出这一决策的根本原因，"宿孽总因情"，就是他们跟现实生活中的废太子实在太有感情了，也就顾不得最后是否会葬送了百年望族的前程。当然，他们也是投机，这件事做稳妥了，一旦废太子，或者废太子死后，理亲王弘皙能够登上皇位，他们家族所能得到的好处就怎么往高了估计也不过分。在真实的生活里，贾敬的原型那时候就不同意藏匿秦可卿的原型，但长辈做了主，他也无法阻拦。后来贾代化、贾代善的原型相继死后，他就公开撂挑子了。他把爵位让给贾珍的原型袭了，把族长也让给贾珍的原型当了，他的态度就是，今后府里的事跟我都没关系了。从生活原型——原型人物、原型空间、原型事件，到小说里的人物、府第、故事，应该就是这样的一种对应关系。

关于秦可卿的这支曲，曲名叫《好事终》，含义很清楚：藏匿秦可卿本来是一桩好事——对于秦可卿本人来说，她可以不必跟父母及其他家人过被圈禁的生活，而且一旦她的家族在权力斗争中获胜，她就可以亮出真实的公主身份；而藏匿她的贾家，如果她的背景家族最终成事，就相当于立了大功，荣华富贵就一定会升级，这当然是大大的好事。但是最终却是"月"派的失败，而且还没等到最后失败，就先要让秦可卿牺牲。好事没成，终结了，所以关于秦可卿的曲子叫《好事终》。

高鹗续书也保留了关于秦可卿的判词和《好事终》，那里面明白地写着"首罪宁"。他往下续书，到最后当然也只好把宁国府的罪写得好像是比较大。根据他的写法，皇帝整治宁国府比较彻底，贾家延世泽，只宽恕了荣国府。但是高鹗最后给宁国府归纳的罪状是什么呢？很滑稽的，一条是逼娶良家妇女，是说尤二姐的事。但是谁娶了尤二姐？贾琏啊。他国丧、家丧都不顾，违反封建礼法娶了尤二姐，而且还使得尤二姐跟她原来订婚的对象分开了,造成了一些其他的后果。这是荣国府的事啊,高鹗却为了把宁国府写得罪大恶极,列出这么一条罪状。还有一条更可笑,有关尤三姐。高鹗的文字大体就是说,这个人死了以后宁国府没有报官,私自掩埋了。可这才算多大的罪啊?在封建社会也不是什么不得了的罪。然后他就写贾珍最后被治得很惨。他想不出别的办法,为什么?也许是他没有搞清楚前面关于秦可卿的描写是怎么回事;也许是他太清楚了,所以要回避、要掩盖,所以这么写。实际上在八十回以后,根据曹雪芹本人的构思,贾府的陨灭,"造衅开端实在宁""家事消亡首罪宁",应该主要是宁国府惹出大祸,那"造衅""首罪"是什么?应该就是后来"当今"重提宁国府居然收养了皇族罪家女儿的事情。本来这件事已经通过秦可卿自尽体面地解决了,但"三春去后","当今"改变了态度,新账旧账一起算,藏匿秦可卿这件事当然就是弥天大罪,贾家就没有活路了。这时不但宁国府罪不可赦,荣国府也脱不了干系,于是"忽喇喇似大厦倾,昏惨惨似灯将尽，家亡人散各奔腾"。

说到这儿，先给出一个结论，再针对可能提出的质疑做出解答。我的结论就是：曹雪芹笔下的秦可卿这个角色是有生活原型的。这个角色的生活原型，就是康熙朝两立两废的太子的一个女儿。这个女儿应该是在他第二次被废的关键时刻落生的。废太子为了避免这个女儿也跟他一起被圈禁起来，就偷运出宫，托曹家照应。曹家就收留了这个女儿，把她隐藏起来，一直养大到可以对外说是家里的一个媳妇。曹雪芹写《红楼梦》的时候，这个生活原型使他不能回避，他觉得应该写下来，于是就塑造了一个秦可卿的形象。概而言之，秦可卿的原型就是废太子胤礽的女儿、弘皙的妹妹。如果胤礽能当上皇帝，她就是公主；如果弘皙当上皇帝，胤礽就会被尊为先皇，那样算来，秦可卿的原型依然可以说是一个公主。

一定会有人质疑，太子胤礽被废、被圈禁后，肯定会受到严格的看管，在那样的情况下，可能把一个婴儿偷运出宫吗？这是因为他不清楚清朝的情况，以为太子被废、被圈禁，只是把他一个人带到一处地方关起来。不是那样的。废太子之前住在毓庆宫，被废、被圈禁后，有个移宫的过程，移往紫禁城一角的咸安宫。而且也不是光转移他一个人，除了正妻，还有许多侧室，还有大大小小一群儿女，以及伺候他们的一大群男女仆人。因此，那是个浩大繁复的过程。就算康熙下了很严厉的命令，要求转移的过程中不许有疏漏，也难免出现一些混乱，一些漏洞。何况太子一废后，没多久康熙就后悔了，太子又复位了，一废的时候对太子不好的人，在太子复位后肯定会被打击报复，因此二废的诏令下来时，执行移宫的人员里，一定会有人觉得不能太生硬，谁知道这次太子会不会再复位呢？在那样的情况下，发生一些执法不严的情况，逃逸的情况，都是可能的。而且有钱能使鬼推磨，一旦贿赂到手，管你什么王法不王法，这样的人，这样的事，自古有之。更何况还可能有人心生怜悯，在那种复杂的世态中，以复杂的心态做出越轨的事，实在不是什么难以理解的事。

即便废太子一家全都被安顿到咸安宫里软禁起来了,看守的制度也完善了,也依然难保没有空子可钻。因为康熙有指示,对废太子,以及他那一大家子,生活待遇上还要保持原来的水平,"丰其衣食",那么天天往里头送生活用品,往外运废物垃圾,进进出出都是机会。清朝史料里还有夏天往咸安宫里运送冰块给废太子他们消暑的记载。

根据史料,太子被二废后一直不死心,曾利用太医去给他的福晋看病的机会,买通那个太医,让他带出一封密信。密信是用矾水写的,表面上是张白纸,但是拿到火上一烘,字就现出来了。太医把密信递到了废太子指定的人手里,那人也没拒绝。这封密信的内容,是废太子指示那个接收密信的大官,设法在见到康熙的时候为他说好话。当时西北有部族叛乱,废太子让那人向康熙保举他担任征西大将军,戴罪立功,实际上也就是图谋重新复位。没想到这事很快被人告发了,康熙严厉地处置了相关人等,对废太子倒没再怎样,只不过不去理他就是了。这个例子也充分说明,废太子不甘心,也还是有余威的,有的人就帮他传递密信,有的人就帮他说话。

根据这些史料,我形成了一个思路:在当时那种情况下,废太子身边的一个女人,恰恰在他被二废的关键时刻产下了一个婴儿,他们不愿意让这个可怜的孩子一落生就被圈禁,于是趁着混乱,买通看守,将其偷运出宫,送往曹家藏匿,这种事情是有可能的。

但这只是我的推理,仅凭推理还不足以服人。有没有实例呢?有。清朝留下的档案里可以找到根据,证明在那样的情况下,有人曾经逃出来过。这些材料,甚至在雍正朝和乾隆朝反复清理遗留档案的时候都没有被删去。例如,根据《清圣主实录》第二百六十八卷的记载,太子第二次被废后,咸安宫里就逃出过一个人。这个人有名有姓,是满族人,叫得麟。他没想到自己的主子又被废了,又要从毓庆宫移到咸安宫;而且移到咸安宫后,就要跟主子一起被圈禁;这一圈禁,就不知道哪一天才能获得自由了,他就决定逃走。他采取了什么办法呢？诈死。他想办法通知外面看守的人，说死人了，要运死尸，就把他当作死尸抬出去了。得麟诈死逃出来以后，还有人收留他。收留得麟的是一个大学士，叫嵩祝。后来康熙亲自处理这个案子，得麟被处死，嵩祝也被惩治。康熙就指出，虽然太子被废了，但是像嵩祝这种人，还是要做讨好废太子的事，就是总怕废太子再成为太子，最后还要登基成为皇帝。我们虽然还没找到任何关于太子的女儿偷运出来，被曹家藏匿的史料，但我们可以不必再问：那是可能的吗？因为其可能性应该大于得麟的逃逸和被收留藏匿。得麟是一个成人，尚且可以诈死偷运出来，何况刚刚诞生的婴儿；得麟不过是废太子身边的仆役，尚且有大学士嵩祝觉得"奇货可居"，那么，收留藏匿胤礽的一个女儿，对于曹家来说，难道不是能获取更大利益的政治投资吗？何况"宿孽总因情"，他们之间不光有共同的政治利益，交往久了，也确实有了感情。

可能有人会说，清朝有宗人府啊。什么叫宗人府？就是皇室的每一个成员，从一落生就要严格登记，不能说生下一个孩子就瞒着让人抱养了，这查出来可是死罪。但是任何时代，都会有个别人，冒死去做一些违禁的事。康熙自己就曾经处理过类似的一个案子。宗室内大臣觉罗他达，因为孩子太多，小老婆又生了一个，他就不想要了。尽管宗人府定例森严，他就是不报。但是又不能把孩子弄死，怎么办呢？就有包衣佐领——这个人还有名字，康熙还点了名，叫郑特——把觉罗他达不要的这个孩子领到自己家养起来了。曹家就是包衣，跟这个郑特的身份是一样的。康熙处理这个案件时还提出，这一家的血脉因此就不清楚了，所以今后选秀女的时候，这一家的女孩子就不可以混入选秀女的名单了。康熙还很严厉地指示，有类似情况要严查。

虽然皇帝很严厉，但是，就有人从圈禁的宫里逃了出来，还就有人收留他；有的皇族生了孩子就瞒着宗人府送给别人，而包衣奴才就敢私自把皇族血统的孩子抱到自己家养起来……因此，我们面对的就不是一个可能不可能的问题了。依我说，这是完全可能的，只是我们现在还没有找到胤礽的一个女儿被曹家藏匿的一手档案而已。

最后，我重申我的研究结论，就是《红楼梦》里面所写的秦可卿是有生活原型的，这个原型人物就是现实生活中废太子的一个小女儿，她应该是在废太子第二次被废的关键时刻被偷偷送到曹家养起来的。曹雪芹在写作一部带有自叙性的作品的时候，就把这个生活原型化为了小说当中的秦可卿。